Le génie du lieu

DU MÊME AUTEUR
Aux Éditions de Minuit.

PASSAGE DE MILAN.
L'EMPLOI DU TEMPS.
LA MODIFICATION *(Prix Renaudot)*.

Fontaine du Fellah, rue de Sèvres, Paris, inaugurée en 1906

MICHEL BUTOR

Le génie du lieu

Bernard Grasset, éditeur
Paris

IL A ÉTÉ TIRÉ DE CET OUVRAGE
LE SIXIÈME DE LA COLLECTION
« LA GALERIE » TRENTE-DEUX
EXEMPLAIRES SUR VÉLIN PUR
FIL NUMÉROTÉS VÉLIN PUR FIL
I à 20 ET I à XII CONSTITUANT
L'ÉDITION ORIGINALE

Tous droits de traduction, de reproduction
et d'adaptation réservés pour tous pays,
y compris la Russie.

© *1958 by Éditions Bernard Grasset.*

Quatre Villes

CORDOUE

à Roland Barthes

Il faut donc que j'en vienne à parler de Cordoue, à donner une première forme forcément insatisfaisante à tous ces murmures que continuent, que continueront sans doute pendant des années d'éveiller en moi le nom de cette ville et le souvenir de mes parcours ou de mes haltes à l'intérieur de son réseau de rues blanches, le long de ses murailles couleur de sable ou de chaux, dans la propreté du soleil et le rafraîchissement des ombres précises qu'il projetait, triangles ou trapèzes changeant de proportion selon le jour et l'heure, le souvenir de mes patients mais trop brefs efforts pour la lire, pour en tirer la nourriture que j'étais certain d'y trouver.

Je me suis engagé à parler de Cordoue; voici que le moment que je m'étais fixé est là; je ne puis plus tergiverser; je dois, sinon m'acquitter de ma dette, du moins verser un acompte; il faut que je commence à tenir cette promesse non point que j'ai faite à des hommes, mais qui s'est faite en moi à cette ville avant même que je l'aie vue de mes yeux, quand je ne la connaissais encore que par ouï-dire et par l'intermédiaire de médiocres images, assuré déjà par la figure que dessinait l'ensemble de cette information précaire qu'il y avait là un lieu auquel j'étais tenu d'aller rendre visite, une source à laquelle je ne pourrais pas ne pas un jour ou l'autre aller boire, si polluées que risquassent d'en être les eaux (que pouvais-je en savoir?).

Et cette promesse, elle s'est réaffirmée en moi avec combien plus de force à partir du moment où je me suis aperçu que je n'avais pas été trompé dans mon attente, qu'à l'interrogation jusqu'alors informulable que je lui posais, cette ville apportait une réponse plus pure, plus sûre, plus ferme, plus précieuse que je ne pouvais l'espérer.

CORDOUE

Me voici donc en train de parler de Cordoue malgré mon incompétence, comme il faudra un jour, je ne sais quand (et cela sera pour moi une bien plus grande affaire qui ne pourra se liquider même provisoirement que par un bien plus grand nombre de pages), que j'en vienne à parler de mon Égypte.

J'examine toutes ces photographies que j'ai rapportées de Cordoue, la géométrie indéfiniment variée de ces rues aux angles nets, aux parois éblouissantes ou bien travaillées par une savante usure aussi inventive qu'un végétal, aux passants rares, silencieuses mais non point mortes, pas du tout abandonnées, ne présentant pas du tout ce spectacle de délabrement des hommes et des choses si habituel dans d'autres villes andalouses, silencieuses par civilisation, par dédain du bruit, par l'imprégnation d'une vie tranquille, sourde, de cette espèce de santé profonde et intime qui tout d'un coup s'épanouit au milieu de la nudité d'un mur en une admirable fenêtre encadrée de sculptures anciennes, ou bien jaillissante de fleurs violettes autour d'une palme datant du précédent dimanche des Rameaux, transformant en ruissellement par la vertu de leur tressage raffiné la masse de la lumière lourde et compacte ailleurs comme un lingot, ou bien encore, derrière les épais stores tombant déroulés, animées du frémissement d'une robe, de cette vie, de cette intimité que l'on surprend à chaque instant sans la troubler au travers de ces grilles de souple fer, au-delà de ces corridors rafraîchis par leurs revêtements de céramique, dans cette lumière tamisée, dans ces meubles au milieu des plantes, dans cette magnifique végétation qui de temps en temps sort de la profondeur de ces demeures, transformant un carrefour en patio, en un véritable salon public, tranquille et reposant comme s'il était protégé non seulement par une porte et par un mur, mais par tout un entourage complexe d'appartements.

Ces rues tout envahies de sommeil, de la respiration régulière du sommeil, de sa vertu de persistance, ces rues aux noms inscrits en lettres noires, brillantes et grasses comme si elles avaient été peintes avec une encre d'imprimerie très épaisse qu'aucun soleil ne fût capable de faire jamais sécher, sur la blancheur luisante, ce surcroît de blancheur des carreaux de faïence,

cette charrette, cette lanterne, cette fontaine, cet autel en pleine rue avec ses sombres peintures derrière des vitres et cette superbe harmonie de bruns obscurs que je reconstitue, ces clochers carrés ou octogonaux tels des minarets, et la mosquée surtout, nécessairement, à laquelle je ne pouvais m'empêcher de revenir chaque jour, puisqu'elle est véritablement le noyau de tout cela, par exemple cette ombre d'un palmier sur une arcade, semblable à une éclaboussure, avec cet enfant comme pris au piège qui fuit dans une tache de lumière,

toutes ces photographies sont semblables à ces fiches que remplit un professeur au cours de sa lecture lorsqu'il a l'intention de parler d'un écrivain, citations que je me suis efforcé de bien choisir et découper à l'intérieur de ce grand texte étranger avec lequel je me familiarisais, et que j'ai traduites dans ma propre langue.

C'est ici que je vais demander son aide, je dirais presque son intercession, au poète Luis de Gongora qui, se trouvant à Grenade, adressa ce sonnet à la ville de sa naissance, qui a fort peu changé depuis son temps, qui était déjà depuis longtemps dans ce puissant sommeil, rêvant tranquillement de son ancien empire, ressassant fertilement de rue en rue, de cour en cour, de mur en mur, d'une peau à l'autre, d'un sourire ou d'un regard à l'autre, les reflets persistants de sa splendeur, teignant toute nouvelle construction de sa couleur propre, s'assimilant les styles importés en leur imposant son propre amour de la paroi rythmée, sa hantise de la falaise et du sable.

A CORDOBA

*Oh excelso muro, o torres coronadas
de honor, de majestad, de gallardia!
Oh gran rio, gran rey de Andalucia,
de arenas nobles, ya que non doradas!*

CORDOUE

*Oh fertil llano, oh sierras levantadas,
que privilegia el cielo y dora el dia!
Oh siempre gloriosa patria mia,
tanto por plumas cuanto por espadas!*

*Si entre aquellas ruinas y despojos
que enriquece Genil y Dauro baña
tu memoria no fué alimento mio,*

*nunca merezcan mis ausentes ojos
ver tu muro, tus torres y tu rio,
tu llano y sierra, oh patria, oh flor de Espana* [1]*!*

Il faut n'avoir pas vu Cordoue, il faut n'avoir pas éprouvé sa hautaine douceur bienfaisante en communication avec tout

1. O mur éminent, ô tours couronnées
d'honneur, de majesté et de vaillance!
O grand fleuve, grand roi d'Andalousie,
aux sables nobles bien que non dorés!

O plaine fertile, ô sierras dressées,
que privilégie le ciel et dore le jour!
O toujours glorieuse patrie mienne
aussi bien pour les plumes que pour les épées!

Si parmi ces ruines et dépouilles
qu'enrichit Génil et que Douro baigne
ton souvenir n'a pas été mon aliment

Que ne méritent jamais plus mes yeux absents
de voir ton mur, tes tours et ton fleuve,
ta plaine et ta sierra, ô patrie, ô fleur de l'Espagne!

ce que l'Afrique méditerranéenne et l'Islam ont à nous offrir de plus enrichissant, pour ne pas comprendre en quoi son souvenir, qui occupe un lieu mental bien distinct, peut et doit être un aliment. Gongora se sent lié à sa patrie par un intime devoir; elle a tant d'importance dans ce qu'il est, dans la constitution de son esprit, qu'il est obligé de la considérer autrement que comme un pur objet, et qu'il n'atteint à sa plus haute sincérité en parlant d'elle que par l'emploi de la deuxième personne. Il ne s'agit nullement là d'un simple « procédé poétique » hérité de quelque manuel, mais bien de cette relation particulière qui ne peut s'exprimer que par ce moyen-là, qui fonde authentiquement ce procédé que d'autres ne pourront imiter en le vidant de sa substance que parce qu'il a d'abord été ainsi justement inventé.

Ce devoir qui relie Gongora à Cordoue, j'en ressens en moi-même comme un reflet, très atténué bien sûr puisque mon séjour a été très bref, puisque je ne suis pas né dans cette ville, puisque je n'ai nullement été formé par elle, mais suffisamment clair pourtant pour que ces vers que je n'aurais pu inventer (ceci indépendamment de toute considération de qualité littéraire), je sois néanmoins capable de les adopter, de les murmurer pour mon propre compte.

Certes, lorsqu'il nous parle de murs et de tours, je pense qu'il a dans l'esprit une enceinte qui n'existe pour ainsi dire plus aujourd'hui, mais comment aurait-il pu la séparer de cette autre enceinte intérieure qui reste intacte et de ce minaret que l'on venait de surhausser d'un couronnement baroque ? Lorsqu'il nous parle d'épées, il songe avant tout au Grand Capitaine, Gonzalve de Cordoue, qui devait apparaître à ses contemporains comme la gloire principale de sa ville et dont je me soucie assez peu ; lorsqu'il parle de plumes, l'humaniste qu'il était se référait évidemment à Sénèque et Lucain que je ne connais qu'insuffisamment et qui nous renvoient à l'étage romain de cette cité, étage qui ne m'apparaît pour l'instant que comme un soubassement assez obscur presque entièrement recouvert par ce qui a fructifié sur ses ruines ; mais au XVe siècle n'appelait-on pas Cordoue une autre Athènes ?

N'oublions pas qu'en revenant de Salamanque ce licencié ne pouvait pas ne pas savoir qu'il retournait dans la patrie d'Averroès, la capitale des Khalifes, dont l'organe central, l'immense mosquée accueillant en son cœur, la camouflant presque à l'intérieur de ses travées, la toute récente cathédrale, demeurait, demeure toujours l'impressionnant, l'irrécusable témoignage.

La référence à Grenade, ces ruines et ces dépouilles qu'enrichit le Génil et que le Douro baigne, je puis la reprendre à mon compte : cet amoncellement de merveilles, quelle dégradation! Dans cette agitation, quelle mort! Superbe charogne mais pourrissante, au point que la nausée risque de vous venir dès qu'on sort des régions préservées, ville aujourd'hui profondément corrompue par le tourisme qui y règne en maître absolu, qui en infecte les rues et les enfants de telle sorte que l'on se sent soi-même l'agent de cette décrépitude, l'un des microbes de cette maladie. Alors qu'à Cordoue, touriste aussi, je savais bien que mon passage ne polluait en rien ces eaux profondes : la vie de la cité y est bien suffisamment forte pour que cet afflux de visiteurs ne la perturbe qu'en surface, cette vie qui dure, qui se continue, on le sent, depuis le Xe siècle.

*
* *

C'est donc toujours au Khalifat que tout nous ramène, à cette époque où elle était la Byzance de l'Occident vers laquelle l'empereur Nicéphore Phocas envoya ses mosaïstes munis de trois cent vingt quintaux de petits cubes de verre, à cette mosquée en laquelle ce moment de l'Histoire s'incarne et persiste, qui me permet de le voir, qui fait qu'il occupe désormais dans mon imagination une place bien déterminée parmi tant d'autres.

Elle est le foyer à partir duquel toute son originalité se diffuse, elle est le noyau si fortement constitué, la citadelle si bien assise que toutes les vagues étrangères sont incapables de l'entamer, peuvent seulement la recouvrir d'ornements nouveaux, gothiques, renaissants ou churriguesques, comme d'une végétation qui la camoufle un peu mais en laisse intacte la structure ; comme il est juste qu'elle ait à l'extérieur cette apparence de falaise ! Elle est sa sauvegarde, cette forme tellement puissante que tous les styles extérieurs, du moins jusqu'à une période assez récente, sont obligés de se modifier à son contact.

Il était impossible de la détruire sans que la ville se vidât de son orgueil, de sa substance. Il fallait la christianiser cette construction si évidemment, si profondément musulmane, la transpercer en son cœur d'une croix comme d'un poignard qui la fixe, la marquer, comme un galérien, de ce signe pour la réduire à l'obéissance, l'humilier, cette horizontalité, d'un choro vertical la dominant de toute son élévation ; mais l'entreprise s'est soldée par le plus instructif des échecs. Non seulement l'énorme cathédrale platéresque est comme engloutie dans les nefs anciennes telle une pierre que l'on a jetée au milieu d'un étang et que les eaux ont recouverte, à tel point que l'on peut longuement en faire le tour sans presque l'apercevoir ; non seulement elle se présente au spectateur comme un regrettable accroc au milieu de cette immense toile, une grande bulle d'ennui, mais elle paie un hommage à ce qu'elle devait supplanter par le fait même qu'on n'a cru la chose possible que si elle rivalisait de splendeur avec le reste. Ce qu'il y a malgré tout d'admirable en elle, ce fourmillement dans les stalles, cette somptuosité du bois noir, semble sa contamination par l'ennemi même qu'elle devait vaincre et asservir, sa teinture par l'ombre de ces travées, de ces arcades aux superpositions indéfiniment changeantes et multipliées.

Ah! Je comprends que les chanoines de Cordoue aient éprouvé un tel besoin de baptiser leur propre église, et que la municipalité se soit alors si vivement émue de ce que l'on voulût toucher à sa merveille, détruire, ne fût-ce qu'en partie, cet espace couvert si solidement structuré à quoi elle sentait bien que sa vie même, que sa personnalité étaient si intimement liées! C'est Charles-Quint qui, de loin, donna gain de cause au chapitre, mais lorsqu'il vint voir par lui-même l'issue du combat, il ne put que constater la défaite finale du parti qu'il avait soutenu en ces paroles fameuses que je ne puis m'empêcher de citer à mon tour : « Si j'avais su ce que vous vouliez faire, vous ne l'auriez pas fait, car ce que vous faites là peut se trouver partout et ce que vous aviez auparavant n'existe nulle part. »

Je commence à avoir moi-même vu un assez grand nombre de mosquées, que ce soit au Caire, en Tunisie, ou à Constantinople, et je puis constater qu'en effet ce qui est là n'existe nulle part ailleurs, que jamais la conception d'un édifice en tant qu'orientation de l'espace n'a été poussée aussi loin.

Entrons dans la cour qui est, comme celle de tous les édifices de ce genre, un lieu de tranquillité publique. Que les arcades qui l'entourent aient adopté une ornementation gothique, d'ailleurs extrêmement sobre, ne change rien; que le minaret soit devenu clocher se chargeant de quelques pilastres, balustres et obélisques venus d'Italie, ne change rien; mais pour voir véritablement la grande salle, un certain effort d'attention et d'imagination est nécessaire.

Il faut rouvrir toutes ces portes aujourd'hui murées; il faut remplacer ces voûtes blanches du xviiie siècle par le plafond de bois découpé et peint dont il subsiste de nombreux morceaux dispersés et dont on a reconstitué une partie; il faut supprimer la cathédrale platéresque et tout ce qui gêne le jeu de composition des arcades; il faut éliminer enfin toutes ces lanternes qui déforment complètement la distribution de la lumière.

Alors on se trouve dans une pénombre qui va s'obscurcissant à mesure que l'on s'avance et que les flammes tremblantes des innombrables lampes faisaient vibrer. Si l'on est entré par la porte de Las Palmas, on voit directement le mihrab qui luit, éclairé spécialement par sa coupole, précédé par les riches arcades croisées de la chapelle de Villaviciosa éclairées de la même façon, qui, en rétrécissant la nef, accentuent l'impression de distance, et font qu'il semble se situer au point où se rejoignent ces deux colonnades parfaitement rectilignes et parallèles.

Si l'on marche en regardant vers lui, rien ne change, mais si l'on détourne la tête de quelque côté que ce soit, alors apparaît une immense complexité qui se transforme à chaque pas, les arcs doubles se superposant de toutes sortes de façons, composant mille figures différentes, créant entre elles des relations de proximité illusoires qui se défont et se refont à chaque instant, si bien que les yeux, après s'y être voluptueusement perdus, sont invinciblement ramenés dans la direction dominante, ici non point celle de La Mecque mais du midi.

L'entrelacs, thème constant de l'art musulman, partout ailleurs ce sont des parois qu'il anime de figures passagères qui ne sont là que pour se réduire, pour se résoudre en une multitude d'autres combinaisons possibles, évitant ainsi la fixation idolâtre en entraînant tout élément dans un discours ou dans un chant illimité ; ce n'est qu'à Cordoue, et ceci dès le premier architecte, c'est-à-dire dès la fin du VIIIe siècle, que nous avons la réalisation d'un entrelacement dans l'espace.

Le système des arcs doubles n'est pas simplement un procédé pour gagner de la hauteur tout en évitant les tirants, c'est la création d'un espace multiplié par la projection, sur une seule rangée de colonnes, de la figure que donnent deux rangées à arcs simples. Il est parfaitement logique que dans l'élaboration postérieure de ce thème fondamental, telle qu'elle s'exprime dans la partie la plus riche de la mosquée, l'amplification d'Al Hakam II, ce soit une petite colonne semblable à la grande qui soit appliquée comme ornement de chaque côté du pilier qui sépare la naissance des arcs inférieurs de celle des arcs supérieurs.

Avec les arcs croisés et polylobés de plus en plus complexes à mesure que l'on s'approche du mihrab, nous assistons à la projection sur un même plan de figures formées par la superposition de deux rangées d'arcs doubles, puis, dans les coupoles dont la structure est absolument originale, à l'utilisation dans les trois dimensions, au-dessus d'un espace qui, lui, n'a plus besoin d'être orienté, des combinaisons ainsi dégagées.

L'une des portes de l'ancienne Aljaféria de Saragosse (xie siècle), actuellement au musée d'archéologie de Madrid, suggère une idée qui aurait pu mener ce processus à des développements prodigieux : deux arcades polylobées extrêmement complexes s'enlacent, et les petites colonnes ornementales, au milieu de cet enchevêtrement, s'inclinent selon leur mouvement comme si c'étaient deux colonnades entières qui s'incurvaient et s'entrecroisaient.

Le principe architectural de la mosquée de Cordoue est tel qu'elle pouvait s'accroître quasi indéfiniment. En effet, plus la distance de la cour au mihrab est longue plus l'effet cherché d'obscurcissement progressif et de luminosité par contraste s'accentue; quant aux parois latérales elles doivent disparaître sous le jeu des arcs superposés, résultat qui s'obtient d'autant mieux qu'elles sont plus écartées l'une de l'autre. Ainsi le mihrab fut par deux fois reculé, ainsi Almanzor fit ajouter huit travées du côté est qui en appellent huit autres du côté ouest pour que soit restituée la symétrie d'origine. L'édifice possède en quelque sorte une force d'expansion; il se déborde lui-même. Quoi d'étonnant si sa riche rigueur, si la puissante unité de sa croissance, si sa sagesse ont continué et continuent de se diffuser dans la ville entière, malgré les vicissitudes de sa gloire, malgré la chute de son empire, malgré son amoindrissement, malgré son changement de religion et de culture ?

Comme il est naturel que ce soit en ce monument qu'ait choisi de se faire inhumer l'Inca Garcilaso de la Vega, bâtard d'un capitaine conquérant et d'une princesse de Cuzco, demeurant si profondément indien malgré la sincérité de son christianisme ; comme il est naturel que ce soit en cette cité, admirable figure de la sourde persistance agissante d'une civilisation, qu'il ait décidé de se fixer pour nous transcrire en ce chef-d'œuvre que sont ses *Commentaires royaux*, les récits qu'il avait entendu raconter dans son enfance.

Gongora l'a sûrement connu et lu, et ce rapprochement, cette rencontre nous permettent de donner à ce vers sur le Guadalquivir : « de arenas nobles ya que non doradas « (qui peut sembler à première vue n'être qu'un pur remplissage) sa véritable résonance. Il faut prendre le mot doré dans son sens le plus littéral, et l'on comprend alors que par cette référence à l'Eldorado, aux fabuleux fleuves de l'Amérique roulant, selon la rumeur publique, d'énormes pépites, ce à quoi il compare Cordoue, la déclarant égale en noblesse, ce sont ces anciennes cités du Nouveau Monde telles que Cuzco, « cette autre Rome en son empire » selon l'expression du vieux prêtre métis venu de là-bas.

Quelle secrète satisfaction devait envahir Garcilaso quand il longeait les murailles de ce quadrilatère — elles ne pouvaient manquer de lui rappeler celles de la forteresse dont il avait exploré les recoins dans les jeux de son enfance : « dont les grandeurs sont incroyables à qui ne les ont point vues, et font imaginer et croire à ceux qui les ont vues et regardées avec attention qu'elles furent faites par voie d'enchantement et que les firent des démons et non des hommes », — quand il pénétrait dans ce témoin toujours vivant d'une autre civilisation vaincue, que ses contemporains espagnols étaient incapables de « remplacer par quelque chose qui arrivât à semblable perfection »...

ISTANBUL

Je me suis réveillé dans le train qui roulait toujours. J'ai soulevé le rideau pour regarder au-dehors. Jamais je n'avais vu telle désolation. La pluie tombait sur le plateau de Thrace sans un arbre, couvert, parmi ses cailloux, de petits buissons épineux et d'asphodèles. Ici et là, dans leurs enclos de barbelés, près de leurs campements de tôle, des soldats turcs suivaient des yeux les wagons venus d'Occident. Nous avions déjà plusieurs heures de retard. J'ai refermé le rideau pour me remettre à dormir.

Puis ce fut la longue banlieue sur les rives de la Marmara, l'aérodrome et les plages, puis la grande porte dorée avec ses deux tours lézardées de marbre blanc, les remparts maritimes dans lesquels nous avons lentement serpenté, les hautes maisons de bois gris, les places irrégulières, non nivelées, encombrées de décombres, les rues montantes, le grouillement, les minarets semblables à de grands crayons.

Il fut difficile de sortir de la gare. Le quai était en réfection. Il a fallu se glisser parmi des amas de pierres. Le temps s'était un peu levé.

Dès que je me suis trouvé sur la place, j'ai été pris et assourdi par la stridence de la ville, par tout le bruit de ses taxis et des tramways rouges, jaunes, ou verts, faisant crisser leurs aiguillages, et les grandes affiches partout proclamant les mérites des banques sur les façades noires de ce Liverpool oriental.

Il est heureux pour moi que ç'ait été sous la pluie et la brume que j'ai traversé pour la première fois le pont flottant de Galata, qui respire doucement sous vos pieds à chaque passage d'un remorqueur, ce pont à deux étages, ce pont-gare aux multiples escaliers de fer, bordé de quais d'embarquement, d'échelles, pour le Bosphore, les îles des princes ou Eyup, avec ses guichets, ses salles d'attente, ses magasins et ses cafés, encombré d'une foule de pêcheurs qui laissent pendre leurs fils de nylon, accoudés aux rambardes, ou accroupis sur les bords, et de voyageurs portant leurs paniers, ou de passants, vêtus à l'européenne, à part leurs bonnets de fourrure, mais pour la plupart au visage profondément étranger, au teint olivâtre, aux pommettes très écartées, à l'allure incertaine et lente.

On devinait seulement la côte d'Asie. Trempé, harassé, car j'avais beaucoup marché, je m'étais assis pour boire un verre de thé, à une des petites tables carrées peintes en vert. Il y avait d'autres clients, silencieux, sirotant, dans la salle décorée seulement de réclames en turc. Ils regardaient comme moi passer cette population sérieuse aux costumes sombres et terreux, devant les bateaux mouches qui accostaient surchargés, les petites barques, dans lesquelles on faisait frire sur un réchaud le poisson juste pêché, dont on fourrait ensuite la moitié d'un pain rond, les petites barques peintes et même sculptées parfois, entourées de vieux morceaux de pneus pour amortir les chocs, les grands

caïques à voiles, les péniches noires en
longs trains, à gauche les grands bateaux
blancs qui font le service de Smyrne et
d'Alexandrie, à droite les grues, les fumées
des trains, les arbres du parc de Gulhane,
et au-dessus les toits du sérail avec son
bizarre clocher d'église française, la coupole de Sainte-Irène, puis la Sophie comme
planante, comme emportée dans un très
lent vol imperturbable par ses quatre
énormes contreforts.

Ce spectacle immense et solennel, tellement animé, ce carrefour de ports, cette
cérémonie déployée, sans doute je n'en
ai jamais plus profondément ressenti
l'atteinte que dans cet abord ingrat et
nordique soulignant avec tant d'ampleur
la sauvagerie triste et douce de ces anciens
nomades ayant oublié leurs chevaux,
parmi les plaintes et les sifflets des vapeurs,
le tumulte sourd des voitures, les heurts
des gaffes et des rames, le clapotis, les
cris des mouettes sur tout cela, et pourtant
je l'ai vu enchanté par la lumière de perle
et d'ambre si merveilleusement diffusée,
renvoyée, vibrée par le miroitement de
l'eau omniprésente, tous les minarets sur

les collines semblables aux mâts des tentes d'un somptueux campement, aux roseaux de l'étang des anges, puis, le soir, tout se transfigurant dans la contagion de l'or ruisselant du ciel, rejaillissant de cette immense corne lumineuse qui s'enfonce à l'intérieur de l'Europe, teignant les dômes et les entrepôts, teignant les yeux des hommes, pénétrant dans leur sang, dans mon sang, dans mes mains que je ne reconnaissais plus serrées sur la rambarde devenue non seulement bronze mais frémissement d'un membre de fauve endormi.

Ce sont trois villes qui se superposent, et que l'on démêle en errant, trois villes de structure profondément différente, trois villes nées de trois invasions. Insistons encore sur la dernière, l'industrielle, la bancaire, la noire, sur ses tramways, sur ses enseignes, sur son « tunnel », ce train souterrain qui vous hisse de Karaköy à Péra, sur cette longue artère sinueuse, trop étroite, encombrée, avec ses magasins et ses bars, qui suit l'échine de la colline jusqu'à l'immense place de Taksim, l'Istiklal Caddesi, sur ses signaux lumineux, sur ses agences d'aviation, ses librairies, ses restaurants et ses garages, sur son effort pour s'assurer, pour se délivrer du passé, pour se transformer et s'assainir, mais aussi sur sa boue gluante dans laquelle on enfonce jusqu'aux chevilles les jours de pluie, sur son désordre, sur sa pègre, sur le profond sentiment d'insécurité qu'elle transpire, sur ses portes barricadées très tôt le soir, sur la solitude mauvaise de ses rues la nuit, sur cette espèce de terreur qui rôde autour de ses jardins et de ses casinos.

Ce Liverpool d'Orient qui a poussé avec une telle vigueur sur la rive gauche de la Corne d'Or, s'est infiltré de l'autre côté dans le vieil Istanbul, dans la grande ville ottomane qui pourrissait depuis des siècles, y introduisant en quelque sorte ses racines, ses suçoirs dans les interstices de son tissu lâche et usé, draînant sa force. Les immeubles de béton, incomparablement plus solides, remplacent peu à peu les grandes maisons de bois couleur d'ardoise avec leurs balcons, leurs innombrables fenêtres disposées obliquement par rapport à la rue caillouteuse et ravinée, leurs colonnettes tournées, leurs escaliers extérieurs, leurs consoles ajourées de trèfles, leurs inscriptions en caractères arabes au-dessus de la porte d'entrée, ces vieilles maisons qui brûlent, qui se fendent, que rongent les vers, au milieu des potagers, des cimetières et des terrains vagues où les enfants courent en tirant d'interminables ficelles pour faire monter encore plus haut leurs cerfs-volants, jusqu'à cette région de l'air où les milans tournoient pour fondre tout d'un coup sur quelque déchet.

C'est un campement qui s'est fixé, mais sans se solidifier complètement, ce sont des huttes et des cabanes, qui se sont agrandies et perfectionnées, qui sont devenues confortables, mais sans jamais perdre leur caractère provisoire. L'Istanbul turc, c'est un superbe avortement, c'est bien l'expression de cet empire qui s'est effrondré sur lui-même dès qu'il a cessé de s'accroître. Dans les grands bazars la toile était devenue voûte, et surtout, au sommet de toutes les collines, les exhaussant encore, les couronnant, les achevant, s'étaient élevées ces grandes cristallisations, les mosquées impériales, et dans les quartiers bas leurs sœurs raffinées avec leurs revêtements de faïence et leurs grandes façades grises. Dans ces époques de grandeur et d'audace au lendemain de la victoire, celle de Mahomet le Conquérant, celle de Soliman le Magnifique et de son architecte Sinan, à la fin du XVe et au XVIe siècle, dans la volonté d'égaler celle dans les ruines de laquelle elle s'installait, quelle ville se construisait, en avance sur tout ce qu'on faisait alors en Europe, comme le montrent les deux splendides ensembles qui portent les noms de ces deux sultans, celui du conquérant ayant été reconstruit au XVIIe siècle, mais à peu près sur l'ancien plan! Puis, tout d'un coup, le souffle est devenu court. La tradition s'est bien prolongée au début du XVIIe siècle avec la mosquée bleue d'Ahmet, on a bien essayé de la rajeunir au XVIIIe avec la Nuruosmanyé, et la mosquée des tulipes, mais ce ne furent plus que des efforts isolés de plus en plus rares, de moins en moins sûrs, et les deux grands îlots d'ordre ne se sont jamais rejoints. Tandis que les ruines de Constantinople continuaient de s'effriter, de s'enfoncer, les tremblements de terre endommageaient déjà les nouveaux édifices.

Venons-en donc à cette ville fantôme, à cette ville dont on rencontre à chaque pas les décombres, substructions de briques, remparts, grands trous rectangulaires qui furent des citernes à ciel ouvert, églises, enfin, devenues des sortes de cavernes, cette ville dont le prestige même a causé la perte, ce prestige qui demeurait intact malgré sa ruine, son amoindrissement, et qui, dans l'esprit du visiteur, tout en demeurant très inconnue, puisque cet immense terrain de fouilles reste à peu près inexploré, bientôt efface presque tout ce qui l'a suivie. C'est elle qui est à l'origine de tout cela, elle a mis sa marque sur tout cela. Ce site extraordinaire, c'est elle, on peut le dire, qui se l'est choisi, car elle n'est pas née du développement de Byzantion, mais du transport délibéré en cet endroit de la capitale de l'Empire romain s'orientalisant. Sa grande église, la Sainte-Sophie, qui demeure à peine dénaturée par ces quatre minarets qui en accentuent la structure, qui règne incomparable, immédiatement reconnaissable, a hanté les architectes ottomans. Après avoir un certain temps évité prudemment l'imitation d'un édifice aussi expressif de la civilisation qu'ils voulaient remplacer, ils se sont trouvés contraints par cette irrécusable présence d'adapter sa structure à leur goût, de la prendre comme base de leurs recherches, essayant dès lors toutes les variations possibles afin de s'arracher à son emprise. Que sont ces délicieuses piscines de calme, les mosquées de Rustem Pacha ou de Sokullu Mehmet Pacha, dans tout leur raffinement, dans toute leur perfection, à côté de ce silence qui s'abat sur vous dès que vous êtes passé sous la mosaïque de la Vierge entre Justinien et Constantin, ce silence bourdonnant d'or, ce silence qui a englouti en lui tous les roulements de tonnerre, tous les bruissements de feuilles dans les forêts, tous les déferlements des vagues sur les rivages. La distinction de ces arcs légèrement brisés, toute cette élégance précise, rationnelle, rafraîchissante, tout ce bon ton, que pèsent-ils au regard de cette profondeur magique qui de toute part vous cerne et vous échappe ? Et sur ce fond de splendeur, à Fethye Djami ou Kharié Djami, s'ajoutent pour notre humiliation, pour notre plus complet envoûtement, ces figures de grâce s'éloignant mystérieusement dans leurs coupoles resserrées.

Peu à peu le rêve prend corps, quand on rassemble tous ces fragments, quand on mesure ces distances; et, au-dessus de ces terrains vagues, à travers tous ces minarets monte le mirage de Constantinople — l'église Saint-Georges des Manganes se reconstruit, l'or à nouveau, selon la description de Psellos, comme jaillissant d'une source centrale, coule sur sa surface entière; de nouveau, dans ses dépendances, les galeries et les chevaux, les prairies, les canaux, les vasques, les bocages et les piscines; de nouveau, dans le palais de la Magnaure, le trône de Salomon; la Chalcé se recouvre de ses tuiles de bronze, les citernes retrouvent leurs eaux, les collines leurs terrassements et leurs escaliers, — le mirage de cette ville dès l'origine menacée par tout ce qui venait des plateaux, du fond des continents, de cette ville qui vivait déjà depuis très longtemps dans ses propres ruines, lorsque la brèche fut percée dans ses murailles, qui sauvegardait à grand mal quelques antres de l'ambre ancien au milieu des quartiers déserts, des immenses palais délabrés et abandonnés, cette ville de plus en plus solitaire, devenue à elle seule l'Empire.

Le pont de Galata respire sous mes pieds; je ne l'ai pas quitté, la nuit descend. Je regarde les grues et les trains, je regarde les brumes de l'Asie, je regarde les lumières flottantes sur ce détroit où passe toujours le navire *Argo*, ce détroit de multitude, de splendeur, de délices et d'appréhension.

SALONIQUE

Il y avait l'eau que je longeais chaque jour pour me rendre au Lycée français, une eau peu profonde et rarement mouvementée, couverte de taches d'essence, avec, surtout lorsqu'un léger vent assez chaud soufflait dans la direction de la ville, un très grand nombre de méduses, la plupart du temps minuscules, bleutées et transparentes, doucement palpitantes dans leurs lentes et hasardeuses progressions, parfois énormes, orange et mortes.

Il y avait l'eau, et dans l'eau les gros sacs d'huîtres que l'on mettait à rafraîchir devant l'entrée du restaurant *Olympos-Naoussa*; et de l'autre côté de l'eau, le plus souvent, c'était un horizon marin brumeux et terne, animé seulement de petites barques à voiles rayées couleur de cuivre, car, dans cette rade qu'envasent d'année en année les alluvions du fleuve Vardar, le port s'asphyxie lentement.

De temps en temps, un navire de guerre américain, arrêtait au loin sa longue masse grise. D'abord il faisait descendre à terre sa police, et on les voyait deux par deux dans les rues, avec leurs matraques, puis c'étaient les matelots eux-mêmes en calots blancs.

Il y avait l'eau, mais il arrivait que, de l'autre côté de l'eau, apparût l'immense mélodie du mont Olympe, et alors il fallait monter par les escaliers de roc vert, pour le voir s'élever progressivement avec soi, toujours plus haut que soi, prenant ses dimensions et sa distance.

Pendant des jours, des semaines même, il demeurait entièrement invisible, dérobé dans la lumière trouble; on l'oubliait presque, ou plutôt on se mettait à douter de ses propres souvenirs, on ne parvenait plus à croire à cette taille, cette précision, on le ramenait à des proportions plus raisonnables, plus en accord avec son actuelle disparition, et puis brusquement, le lendemain, il s'imposait chaque fois aussi surprenant, toujours inattendu.

Il fallait pour cela que la pression atmosphérique fût très basse sur la rade, et, par conséquent, c'était un présage de mauvais temps. C'était en général au moment où commençait à souffler le grand vent gelant, qui vient de la Yougoslavie et qui soulève dans les grandes artères droites parallèles exactement à lui (comme si l'architecte urbaniste, un Français, paraît-il, qui a dessiné le plan de reconstruction de la ville, après le grand incendie de 1917, avait voulu l'aider à se déchaîner), d'aveuglants tourbillons de poussière; c'était en général au matin d'une journée d'hiver qui serait rude, que les premiers rayons du soleil, avant qu'ils nous atteignissent parmi les nuages menaçants, illuminaient pour nous ces neiges et ces nuées au-delà desquelles commençait un pays clair d'îles et d'oliviers, bien différent de la terre balkanique où nous nous trouvions, un pays qui nous attirait comme il attirait les barbares, le Macédonien Philippe, les Doriens ou les premiers Hellènes.

Il y avait donc l'eau, et le long de l'eau ce large quai sur lequel je voyais tous les soirs de beau temps les Grecs se promener de long en large depuis le port jusqu'à la tour blanche, ce quai bordé d'immeubles en béton armé, quelquefois peints de couleurs tendres, bâtis sans proportions ni intelligence, puis la place Aristote, au milieu, bordée d'arcades dans un style byzantin d'uniprix, inachevées, avec le magasin des automobiles anglaises Austin, des rues montantes coupant à angles droits les autres longues parallèles au vent violent. C'était la ville récente, s'étirant le long de la rade indéfiniment en faubourgs de villas bourgeoises ou de baraquements pour les réfugiés venus d'Anatolie en 1923.

Au-dessus, il y avait la ville ancienne avec un immense terrain vague au centre, pentu, avec en permanence de petits manèges d'avions ou d'autos rudimentaires pour les enfants, et une grande quantité de cars peints en vert (qui paraissaient hors d'usage, mais qui, en réalité, desservaient régulièrement toutes les routes de la province), avec ses églises en général au-dessous du niveau de la rue, et naturellement d'autant plus enfoncées qu'elles sont plus anciennes, avec les coupoles de ses bains turcs, avec ses mosquées désaffectées et les bases de ses minarets abattus, avec ses belles maisons à poutres apparentes que l'on détruit peu à peu, avec ses ruelles tortueuses, avec ses escaliers et le roc vert qui apparaît de plus en plus souvent, à mesure que l'on monte, comme des os trouant la peau ou la viande à l'étalage d'un boucher, avec ses fontaines et ses ruisseaux, avec ses sarcophages déterrés ici et là, qui sont restés à leur place parce qu'il n'y a rien à en faire, et qui parfois servent d'abreuvoir, avec les créneaux des remparts.

Et, de l'autre côté de cette enceinte, il y en avait une autre montant encore, presque vide, que l'on essayait de remplir avec des baraques de briques d'une seule pièce chacune avec une seule porte et une seule fenêtre, et tout en haut la forteresse des sept tours, dans laquelle il était interdit d'entrer, parce que c'était la prison de la ville. Enfin, le dernier horizon, lorsque je regardais de ma fenêtre vers l'est, c'étaient les deux cimes du mont Kortiatys, entre lesquelles, dans ce creux troublant, je voyais au printemps le soleil du matin perler, naître et se délivrer dans le ciel.

Souvent je faisais le tour extérieur des remparts. Par un quartier de commerçants et d'entrepôts, j'arrivais jusqu'à la place du Vardar, triste étoile sommée le soir d'une réclame lumineuse qui s'allumait et s'éteignait, obsessionnelle, pour une marque d'aspirine.

Il fallait prendre une petite rue oblique, et cela commençait à ma droite; d'abord des vestiges informes, des masses de briques noyées dans les immeubles, puis les créneaux apparaissaient et les tours; les maisons, elles, diminuaient, s'appuyant à cette muraille — échoppes de cordonnier, de tailleur ou de garagiste, petits cafés sales où l'on boit de l'ouzo et où, quelquefois, on peut entendre jouer du luth et chanter de la musique turque — à cette muraille qui s'élançait en zigzaguant, escaladant les éperons rocheux, descendait les vallées aiguës et remontait de l'autre côté plus haute encore, avec ici et là une porte ou d'énormes brèches, ici et là de superbes blocs de marbre blanc gravés d'inscriptions romaines, les maisons de plus en plus semblables à des chancres, à des bourgeonnements maladifs de cette paroi noble, minuscules cahutes misérables au toit de tôle.

Puis, lorsque j'arrivais à la hauteur de l'Acropole, les remparts se dressaient absolument nus, limite ultime, et il n'y avait même plus de chemin pour en faire le tour. Il fallait prendre à travers champs; mais ce n'était pas là des champs, c'était l'autre côté, le désert vert qui commençait à se dérouler sans habitations, sans cultures, sans arbres, avec juste un sentier ou deux, serpentant dans cette immensité que l'on sentait s'étendre avec son herbe rase, inemployée, dans sa monotonie, dans sa déréliction, désert interrompu seulement par quelques maigres villages désordonnés et désolés, très distants les uns des autres, de plis en plis jusqu'aux autres montagnes, jusqu'aux frontières de la Bulgarie peuplées dans l'imagination de la ville d'innombrables regards d'espions.

Un jour, la neige est tombée longuement sur Salonique, et le lendemain, à l'intérieur de l'enceinte, le soleil fit étinceler tous les toits, la blancheur éclatante affinant toutes les couleurs dans les rues devenues soudain merveilleuses et propres; un chant de ruissellement vif de toutes parts m'accompagnait. Mais dehors, comme plus étrangère encore et plus hostile, m'apparut cette étendue gelée aux flaques miroitantes et aux grandes taches humides. Alors le sentiment d'exil atteignit à toute sa pointe. Alors, ce n'était plus l'Europe ici; la capitale de la Macédoine devint pour moi semblable à la cité de Merv dans le Turkménistan, et parmi ce groupe de travailleurs, qui s'approchait, se détachant sur l'indéterminé lointain, j'étais tout prêt à reconnaître l'abominable prophète voilé dont Borgès nous redit l'aventure dans son histoire universelle de l'infamie. Alors m'envahirent, comme un souvenir très lointain, cette insécurité, cette crainte diffuse qu'éveillait le mot barbarie dans la signification menaçante qu'il avait prise au moment de la décadence de l'empire.

D'autres diront les chaleurs étouffantes de l'été.

Certes Athènes a plus de raisons d'attirer, avec la pureté de son air, avec ses monuments de marbre, avec ses jardins, avec la merveilleuse élégance abrupte de ses collines, avec sa situation privilégiée au milieu des plus sublimes sites anciens, qu'il est commode de visiter en la prenant pour point de départ ou port d'attache, avec ses musées, avec ses commodités et divertissements de grande ville. Mais, si je garde un attachement particulier pour Salonique, ce n'est pas seulement parce que j'y ai passé un bien plus long temps; c'est parce qu'à chaque pas dans les rues aujourd'hui tracées sur l'emplacement de l'illustre reine du théâtre, les ridicules édifices néo-classiques du XIXe siècle (comment est-il possible, se demande-t-on, qu'en ayant continuellement sous les yeux d'impressionnants fragments des originaux les plus achevés, cette population nouvelle ait pu et puisse encore se contenter d'imitations aussi grossières), à chaque pas ces témoignages d'une Grèce totalement importée d'Angleterre, de France ou d'Allemagne, — Grèce dessinée, je dirais presque décidée par ce qu'il y avait de plus réactionnaire, de plus fermé, de moins en communication avec l'énergie créatrice ancienne dans les sociétés occidentales de ce temps-là, Grèce dont toutes les recherches récentes nous montrent, ce qui était bien sûr l'évidence, qu'elle est un contresens complet sur la Grèce, — ces édifices insupportables dans leur prétentieuse vulgarité nous imposent le sentiment d'une profonde discontinuité historique. Si touchants et si manifestement admirables que puissent être les quelques vestiges parvenus jusqu'à nous des œuvres de Phidias ou d'Ictinos, je n'ai que trop présente à l'esprit l'utilisation systématique et scandaleuse qui en est faite en ce pays, pour ne pas éprouver une grande méfiance vis-à-vis de ceux qui me les déclarent supérieures à tout, ce que de toute façon elles ne sauraient être, et pour ne pas excuser ces jeunes Grecs qui refusent d'en entendre parler.

Au début du XIXe siècle, avant la guerre de l'indépendance, il n'y avait plus au pied de la plus fameuse des acropoles qu'un infime village, et la capitale qui s'est développée tout autour, si elle est bien sur le même terrain que la cité ancienne, n'en est nullement le prolongement, mais quelque chose de complètement différent, une ville méditerranéenne moderne qui n'a pas plus de rapport avec elle que l'Alexandrie d'aujourd'hui avec celle des Ptolémées, une ville qui, tout en possédant en son cœur les plus précieuses ruines, s'est montrée, tout au moins jusqu'en ces dernières années, incapable d'en tirer pour son architecture actuelle la moindre authentique leçon.

Au contraire, dans Salonique l'ennuyeuse, la brumeuse, la poussiéreuse, la boueuse, la provinciale, dans Salonique bien éloignée de tout important site antique, ce qui attend le voyageur attentif et patient, c'est, à travers tous les délabrements, l'épaisseur d'une ville qui n'a pas cessé d'être ville et ville frontière depuis sa fondation, quelques années après la mort d'Alexandre, jusqu'à maintenant. C'est la toute dernière vague de Byzance qui vient y mourir à nos pieds, sous la marée d'une occidentalisation inévitable et désordonnée.

Tout en ne faisant pas partie à proprement parler de la Grèce, Salonique, à mi-chemin entre Athènes et Constantinople (considérée toujours dans la masse de la population comme la capitale véritable maintenant perdue, l'autre n'étant qu'un pis-aller), est par excellence le lieu où éprouver cette évidence prodigieusement méconnue, que de l'éclatante civilisation hellénique jusqu'à notre temps il n'y a pas seulement ce chemin qui passe par Rome et la Renaissance italienne, mais aussi, l'entrecoupant d'ailleurs plus souvent qu'on ne l'imagine, celui que jalonnent les monuments de l'empire et l'Église d'Orient.

Certes il existe sous la citadelle de Thésée, du Céramique au Lycabette, quelques petites églises médiévales, mais si charmant qu'en soit l'extérieur, simples carcasses dont la décoration interne a toujours disparu, elles ne parviennent que rarement à éveiller l'intérêt du visiteur, écrasées qu'elles sont entre les brillantes ruines païennes et les immeubles d'aujourd'hui. A Salonique, non seulement il subsiste un ensemble de monuments apparentés, incomparablement plus étalés dans le temps, incomparablement plus importants et significatifs malgré leur état toujours déplorable, mais aussi, autour d'eux, les traces de l'organisation urbaine dont ils étaient la floraison extrême, les points focaux.

Que l'on ne s'y méprenne point; parmi les mondes anciens, celui que nous nommons Byzance est un de ceux dont les témoins sont les plus épars, et l'on risquerait la plus explicable des déceptions si l'on abordait ces lambeaux mal rapiécés : Saint-Georges, Saint-Démétrios ou les douze apôtres, dans leur décrépitude, sans posséder en sa mémoire des images venues d'autres lieux, permettant de les compléter, de reconstituer leur jeunesse.

Aujourd'hui, c'est un seul d'entre eux que je désire célébrer, celui de tous qui m'a le plus nourri, réconforté, dans l'église d'Hosios David la mosaïque de l'abside qui, à peu près seule, subsiste du monastère du carrier, datée des dernières années du Ve siècle, c'est-à-dire un peu postérieure au mausolée de Galla Placidia à Ravenne, antérieure à Saint-Vital, défigurée par plusieurs fissures repeintes de cette horrible couleur rose pommade qu'affectionnent si vivement les représentants souvent pitoyables de l'actuel clergé orthodoxe.

Je me contenterai d'en décrire le sujet. Le centre est inspiré d'un passage de l'Apocalypse : un jeune Christ auréolé, assis sur l'arc-en-ciel, se tient au milieu d'un cercle transparent, nacré (l'abondance de l'argent est une des caractéristiques les plus remarquables des mosaïques de cette époque à Salonique) ; mais alors que l'apôtre déclare : « J'aperçus dans la main droite de Celui qui siège sur le trône un rouleau, scellé de sept sceaux », le Sauveur d'Hosios David a sa main droite levée, et c'est dans la gauche qu'il tient déroulé un volume sur lequel se trouve inscrite, non point les sept célèbres malédictions, mais une prière que l'on peut traduire grossièrement ainsi : « Regarde, ô notre Dieu, en qui nous mettons notre espoir, et grâce à qui nous nous réjouissons de notre salut, à apporter la paix sur cette maison. » Autour, l'ange tenant entre ses mains, l'aigle, le taureau et le lion entre leurs pattes, les livres reliés de leurs évangiles, volent de leurs deux grandes ailes constellées d'yeux, comme les queues des paons qui ornent les architectures d'or dans la coupole de Saint-Georges, ou de ceux, vivants, qui marchent dans les jardins d'un autre monastère sous les remparts.

Saint Jean leur en attribuait six à chacun, et toute cette partie de sa vision trouve son origine dans une autre vision biblique : « Je regardai : c'était un vent de tempête, soufflant du nord, un gros nuage environné d'une lueur, un feu d'où jaillissaient des éclairs... Je discernai quelque chose comme quatre animaux... Ils avaient une face d'homme et tous les quatre une face de lion à droite... de taureau à gauche, et tous les quatre... une face d'aigle... Il y avait une roue à terre à côté d'eux, de tous les quatre... et leurs circonférences à toutes les quatre étaient chargées d'yeux tout autour... Au-dessus de la voûte qui était sur leurs têtes, il y avait quelque chose comme une pierre de saphir en forme de trône, et un être ayant apparence humaine... et une lueur tout autour semblable à l'arc qui apparaît dans les nuages les jours de pluie... », introduisant le livre d'Ézéchiel.

C'est celui-ci qui est dans l'angle gauche, debout sur une terre montueuse et comme disloquée par un tremblement, courbé en deux dans l'attitude de la terreur et de la révérence, ses deux mains levées contre ses tempes. Mais de l'autre côté, un autre prophète, Habacuc, dans une attitude toute différente, assis, la main sur son menton, s'interroge, doute de la justice de Dieu. Ce n'est plus de son apparition qu'il est effrayé, mais de son absence, rasséréné seulement quand sa puissance enfin lui semble se manifester :

De torrents tu crevasses le sol;
Les montagnes te voient, elles sont en transes;
Une trombe d'eau passe,
L'abîme fait entendre sa voix,
En haut il tend les mains.

Et nous le voyons, cet abîme, hurler, lever les mains en effet, sous la forme d'un vieillard d'argent qui émerge de l'un des quatre fleuves se réunissant aux pieds du Sauveur.

Enfin, derrière Ézéchiel, cette grande ville indiquée, c'est Babylone, source ou du moin résurgence d'où coulait en partie pour moi à travers toutes distillations et négations, après tant d'aventures et de reprises, cette liqueur qui m'abreuvait, suintant de la courbe paroi poreuse dans un doux ruissellement de lueurs au fond d'une ruelle infréquentée de Salonique.

DELPHES

1. — Le lieu.

Puisque moi aussi j'arrivais de Crête, encore tout impressionné par les peintures minoennes, il aurait évidemment mieux valu faire le trajet par mer et aborder au port d'Itéa, tout près de cette antique cité de Crissa détruite par l'ordre même de ce dieu qui y avait mené de force les marins venus de Cnossos, sautant sur leur navire en pleine mer sous la forme d'un énorme dauphin et les détournant de leur route pour qu'ils devinssent les célébrants de son culte dans la montagne, et monter comme eux vers le sanctuaire à travers les bois.

Mais comme nous étions dans les premiers jours de janvier, j'ai dû venir d'Athènes en car, par Thèbes et Lévadia, sous la pluie, dans l'après-midi écourtée d'hiver, jusqu'à cette route crépusculaire et venteuse où j'ai trouvé fermés, comme j'aurais pu m'y attendre, tous les établissements avec restaurants et chauffage que m'avaient signalés mon guide bleu, précaire providence du voyageur.

Les patrons du seul *estiatorion* en fonctionnement n'avaient pas prévu qu'une nouvelle bouche étrangère vorace viendrait partager leur maigre repas, et seule s'est ouverte pour m'accueillir la porte de l'hôtel *Parnasse*, où j'ai dormi transi malgré les six couvertures au moins qui m'avaient été accordées, dans une chambre terriblement froide et très propre dont la fenêtre donnait, par-delà les toits des maisons opposées, sur l'immensité du paysage et du ciel de plus en plus nocturne qui se dégageait, découvrant peu à peu ses étoiles, au-dessus de la mer devinée dans l'échancrure du val abrupt, laissant ici et là quelques brumes.

Au matin, sur ce grand champ de cailloux blancs en terrasses que sont les ruines du domaine apollinien, à mesure que, dans l'air et l'azur magnifiquement clairs maintenant, le soleil s'élevait et gagnait le sud, ses rayons renvoyés par les deux « brillantes », vertigineux miroirs granuleux de rocs dont le foyer semble être le temple même, frappaient, cuisaient de plus en plus, douce déflagration de flèches, de telle sorte qu'au plein cœur de cet hiver montagnard que j'avais éprouvé toute la nuit si perçant malgré la latitude, l'été dans toute sa puissance m'était restitué à l'intérieur de cet antre gigantesquement ouvert, suspendu à mi-chemin du ciel au-dessus de ce ravin sombre si vertical et si touffu qu'on n'en aperçoit point ce fond d'où l'on entend monter le grondement du Pleistos, à l'intérieur de ce divin théâtre dont celui qui montre encore ses gradins de marbre n'est que la minuscule adaptation à l'échelle humaine, de ce four en quoi se concentre non seulement la chaleur, non seulement la lumière du jour au point que l'on est comme introduit dans l'éclat d'une foudre stable, mais aussi le son, mais aussi notre parole qui s'y magnifie dirait-on jusqu'aux dimensions du tonnerre, à tel point qu'il me semblait que les mots d'une ode ici chantée devaient se propager à travers ces gorges, renvoyés d'échos en échos, et de vague en vague, sur cette mer qui apparaît dans la profondeur du lointain au détour de la route, jusqu'à atteindre la Sicile, impression indissociable dans mon souvenir de ce début de la première *Pythique* où Pindare, dont le siège de fer était conservé dans le temple même, le poète par excellence de Delphes, déclare, en nous faisant l'éloge de son art, que « tout ce que Zeus n'aime pas frémit, entendant le chant des piérides, sur la terre et la mer redoutable, notamment celui qui gît dans l'affreux Tartare, l'ennemi des dieux, Typhon aux cent têtes » écrasé sous la masse de l'Etna, réveillant sa fureur volcanique; et c'est bien vers un équivalent en notre langue de son style qu'il faudrait tendre, inventant et maniant des structures rythmiques et grammaticales aussi amples et fortes que ses « longues strophes solennelles » et ses souples phrases les enjambant, pour tenter dignement l'éloge de ce lieu.

Car c'est avant toute autre chose du

lieu qu'il s'agit. Car ici comme partout ailleurs, plus que partout ailleurs peut-être, en cette Grèce où si peu de monuments anciens sont encore debout, mais où tant de débris anciens sont encore enfouis, graines de savoir que fait germer la pioche du fouilleur, que fait si lentement fleurir notre regard, c'est le site lui-même qu'il faut venir interroger. Car il était déjà temple et privilégié par sa configuration même, antérieurement à toutes ces constructions dont les rangées de pierres dessinent l'emplacement sur les degrés du roc parmi quelques arbres et quelques herbes, et que je m'efforçais d'imaginer dans leur élévation, ces guérites de pierres où pendaient boucliers et épées, ces ex-voto de toute sorte à profusion, serrés les uns contre les autres, s'encastrant les uns dans les autres, se recouvrant, tous peints des plus vives couleurs dans leurs parties qui n'avaient pu être dorées, avec un peuple de statues, et la conscience de cette antériorité s'exprimait par la présence juste au-devant, juste au-dessous du soubassement du grand temple, de cette région de sol restée nue au milieu de la savane des monuments, sanctuaire de la terre, Gè.

2. — Le temple.

Autour de l'enceinte du dieu, surtout en bas, il reste quelques traces de cette petite ville rapace avec ses hôtels et ses étalages d'objets de piété, Lourdes dit-on justement et pire encore, exploitant très cyniquement et très systématiquement la crédulité publique, dégradant de plus en plus son culte maintenu artificiellement, pendant des siècles, à partir du moment où fut achevé ce dernier sanctuaire d'Apollon dont on a remonté aujourd'hui six colonnes aux tronçons usés, à partir de ce moment où Philippe de Macédoine étant déjà le maître de la Grèce, le rôle essentiel que l'oracle avait joué dans l'univers hellénique comme équilibrateur des cités commence à s'effacer irrémédiablement ; mais l'on se condamnerait à ne rien comprendre, non seulement à Delphes, mais à toute la civilisation grecque classique, si l'on imaginait le fonctionnement pythique d'alors comme simple supercherie si l'on n'était capable de retrouver au-delà de l'énorme nuée du charlatanisme vénal, cette clarté ouvrant d'un tel étonnement les yeux de la Sibylle de Michel-Ange et dont Nerval encore savait percevoir le reflet, l'authenticité de l'oracle, cet « exégète national » selon la formule de Platon, instrument par lequel la société grecque dont l'unité, malgré toutes ses dissensions et guerres intestines, malgré sa fragmentation si poussée, était périodiquement réaffirmée dans les rassemblements des quatre grands Jeux, olympiques, pythiques, isthmiques et néméens, devenait capable de clarifier et d'objectiver ses craintes, ses tendances, ses croyances communes en opposition avec les décisions de tel ou tel état ou groupe d'états particulier, organe si essentiel qu'elle le considérait comme le centre de son univers, l' « omphalos », le nombril ou moyeu, ce qui en unissait les diverses parties,

ce dernier temple dont l'un des frontons représentait la triade délienne, Léto avec ses deux enfants jumeaux porteurs d'arc, Apollon et Artémis, entourée des muses avec le coucher du soleil, et l'autre Dionysos au milieu de ses prêtresses danseuses, les thyades, à l'intérieur duquel on trouvait d'abord les inscriptions des Sept Sages, la statue d'Homère, et un epsilon mystérieux, puis, dans la salle centrale déjà très obscure en opposition avec l'éblouissement extérieur mais éclairée par un feu perpétuel, un autel de Poséidon, les statues des Parques ou Moires, et celle d'Apollon les maîtrisant, les commandant, les conduisant, « moiragétès », et le siège en fer de Pindare,

au-dessous, la salle d'attente des consultants où l'ombre s'épaississait bien plus, remplie par les vapeurs sulfureuses aujourd'hui taries qui devaient rendre presque irrespirable, mêlées à des fumées multiples, l'air de l' « adyton », du saint des saints, caveau éclairé seulement par la lueur des torches ou des lampes à huile éveillant au milieu de l'âcre nuée égarante quelques points luisants sur la dorure et les yeux de nacre de l'idole d'Apollon « loxias », l'oblique, l'énigmatique, à côté du sarcophage de Dionysos, et de cette grosse pierre conique qui nous a été conservée, le nombril même, le tombeau de Python, alors tout recouvert de bandelettes, ces exhalaisons donneuses de délire, s'échappant des lèvres aujourd'hui refermées de Gé inspiratrice, de cette fente au-dessus de laquelle balbutiait sur son trépied une vieille femme ignorante,

ce dernier temple qui remplaçait celui qu'avaient connu les grands tragiques, dont on a retrouvé les deux frontons très mutilés : d'un côté la triade délienne, Léto, Artémis, Apollon, sur un char traîné par quatre chevaux, entourée de jeunes gens et de jeunes filles entre deux groupes d'animaux combattant, et de l'autre les géants vaincus par les Olympiens sous la direction d'Athéna,

dont il subsiste en place le magnifique mur de soutènement en grands blocs de marbre blanc dorés, taillés comme pour imiter d'énormes écailles, polygones irréguliers aux angles arrondis, couverts d'inscriptions gravées en caractères minuscules et soignés, si précisément ajustés que c'est à peine si quelques brins d'herbe même aujourd'hui réussissent à jaillir de leurs joints, ce qui lui a permis de résister au tremblement de terre de 373 avant Jésus-Christ, qui a jeté bas toute la construction qu'il portait, et à tous ceux qui lui ont succédé,

le temple édifié à l'instigation d'une grande famille exilée d'Athènes, les Alcmaeonides, grâce à des offrandes venues non seulement de toutes les îles et de toutes les villes proprement helléniques, mais aussi de Crésus le roi de Lydie et du pharaon Amasis,

pour remplacer celui qu'avaient fondé disait la légende deux architectes venus d'Orchomène, Agamédès et Trophonios, qu'un incendie avait détruit en 548,

temple qui succédait lui-même, assurait-on près de sept cents ans plus tard à Pausanias, auteur d'un « guide bleu » de Grèce pour touristes dévots au IIe siècle après Jésus-Christ (certes bien des traditions avaient eu le temps de se perdre ou de se corrompre) à trois autres temples :

celui qu'évoquaient les vers de Pindare dans un péan en grande partie perdu : « de bronze étaient les murs, de bronze également les colonnes qui se dressaient et, au-dessus du faîte, chantaient six charmeuses dorées », que l'on disait bâti, fondu par Héphaïstos et qui aurait été précipité par la foudre dans un abîme,

celui de cire et d'ailes transparentes qu'avaient auparavant édifié les abeilles, obscurément relié à la Crète, et qu'Apollon aurait transporté chez les Hyperboréens,

et le premier de tous enfin, hutte formée de branches de laurier apportées de la vallée de Tempé.

3. — Apollon.

Des dieux communs à l'origine sur à peu près toute l'aire de la Grèce, qu'ils appartiennent au fond égéen, aux influences asiatiques, ou à l'une quelconque des vagues de l'invasion, à mesure que la civilisation hellénique se fragmentait en royaumes fixés et surtout en républiques de plus en plus jalouses de leur organisation particulière, ont acquis dans chacun de leurs lieux de culte, selon les aventures de ceux-ci, histoire et signification distinctes, mais comme cette différenciation avait lieu à l'intérieur d'une communauté qui subsistait non seulement grâce à un commerce de détail constant, mais à l'expression rituelle de celui-ci dans les rencontres régulières des grands Jeux, ces mythes s'écartant de plus en plus les uns des autres se confrontaient, et l'une des tâches principales des poètes fut de s'ingénier à résoudre leurs divergences en réunissant leurs épisodes dans une légende commune, ce qui était indispensable à la sauvegarde de leur langage puisque les noms des dieux apparaissaient évidemment comme les mots les plus importants et qu'il fallait donc bien trouver un moyen pour que ces mêmes noms continuassent à désigner des réalités identiques, mais ce qui a provoqué une profonde transformation, puisque, pour relier entre eux ces récits se juxtaposant, ces actes attribués ici et là à un même dieu dans des séquences liturgiques indépendantes, il n'y avait qu'un seul moyen : c'était d'essayer de les interpréter à la lumière des mobiles individuels humains, de telle sorte que les relations entre les thèmes sont devenues de plus en plus psychologiques, ceux-ci en même temps se détachant de plus en plus du rituel, et que, peu à peu, aux mythes anciens s'est substituée la fable.

Ainsi l'hymne homérique à Apollon, du moins dans la forme sous laquelle il nous a été transmis (car la plupart des spécialistes s'accordent à y reconnaître non seulement deux traditions mais deux auteurs) s'efforce de rattacher l'une à l'autre les deux légendes autonomes qui s'étaient développées dans les deux plus illustres sanctuaires du dieu, la légende de Délos et celle de Delphes.

Il est arrivé, nous dit celle-ci, accompagné des muses depuis la Piérie, c'est-à-dire depuis cette vallée de Tempé en Thessalie d'où avaient été apportées, déclarait-on à Pausanias, les branches de laurier constituant son plus ancien temple, et d'où, tous les huit ans à l'occasion de la fête de Steptérion qui commémorait sa prise de possession du lieu, le chef de la procession, l'archithéoros, en ramenait une nouvelle;

puis il a établi les fondations sur

lesquelles Agamédès dont nous ne savons presque rien, et ce Trophonios, ancien dieu des Myniens, peuple venu de Thessalie jusqu'à Orchomène, que l'on retrouve ici comme héros et là comme oracle, ont posé un seuil de pierre « autour duquel les familles innombrables des hommes élevèrent un temple avec de la pierre à bâtir pour qu'il fût digne d'être chanté à jamais » ;

et comme il se demandait qui allait s'occuper de son culte, il a aperçu sur la mer un navire venant de Cnossos la minoenne, sur le pont duquel il a sauté en prenant la forme d'un énorme dauphin (d'où son surnom de delphinios et le nom même de Delphes), les obligeant à se détourner de leur route et à aborder au port de Crissa, où il s'est révélé à eux sous l'apparence d'un jeune homme, leur expliquant ce qu'il attendait d'eux, leur ordonnant de l'accompagner en chantant le péan crétois tandis qu'il monterait jusqu'à son sanctuaire en faisant résonner sa lyre.

C'était avant la fondation de Thèbes par le Phénicien Cadmus ; c'était au temps où ces régions, maintenant pour la plupart si dénudées, étaient couvertes de forêts, en pleine époque mycénienne, qu'ont commencé à se rejoindre et à s'accumuler dans ce creuset du Parnasse, des rites venus de Thessalie en venant par Orchomène, venus de Crète, venus de bien d'autres régions encore sans doute, très divers déjà, mais qui s'adressaient tous à un même dieu, Apollon, dont certaines caractéristiques essentielles, noyau commun qu'il conservait à travers ses navigations et aventures, s'accordaient si admirablement avec cette nouvelle demeure qu'elles en ont reçu, qu'il en a reçu, une évidence, une puissance multipliées.

Phoïbos, l'éblouissant, il arrive dans ce four solaire, lié au laurier dans un bois de lauriers disparu, maître du chant dans ce théâtre naturel, dieu nouveau, dieu qui fait irruption, qui s'impose, apparaissant brusquement dans l'Olympe et forçant tous les autres dieux à le reconnaître, dans ce qui est déjà depuis longtemps un sanctuaire très vénéré et même un oracle.

Sa victoire fut si totale et elle apparut comme si justifiée que lorsque Eschyle, au début des *Euménides*, fait invoquer à la Pythie les anciennes divinités de Delphes, il lui fait dire que celle qui l'y a précédé, après Gé la terre, après Thémis la justice divine, est Phoibè, c'est-à-dire l'éblouissante, une titanide que l'on fit mère de Léto, et qu'elle lui a offert ce lieu en don de joyeuse naissance.

Ainsi, une fois installé, il se manifeste comme le propriétaire légitime, si bien arrimé au paysage que pendant des siècles il saura tenir bon devant les nouvelles vagues envahissantes. Mais si son aspect de devin reçoit ici une telle promotion, c'est bien parce qu'il y a eu conflit, c'est bien parce qu'à l'ancienne distribution des domaines divins et des temples une nouvelle s'est substituée, c'est parce qu'il y a eu meurtre d'une ancienne puissance, abolition violente, ou plutôt conquête et recouvrement, submersion non seulement d'un ancien culte mais de ce dont ce culte était une pièce nécessaire, l'ancien arrangement des hommes et des choses.

La voix prophétique s'élève sur les sarcophages des dieux déchus, et si ce lieu était déjà oracle avant le triomphe apollinien, c'était sans doute qu'il y avait déjà eu là supplantation.

4. — Python.

Nous voici parvenus au noyau du logos delphique, à ce combat fondamental au cours duquel le jeune dieu nouveau, seigneur archer, a frappé d'une de ses irrésistibles flèches le serpent gardien qui s'est mis à pousser de grands râles en se roulant sur place et qui « après une clameur prodigieuse, inexprimable » est mort au milieu de la forêt .

Alors Phoïbos Apollon lui dit fièrement : « Maintenant pourris ici sur la terre nourricière d'hommes... »

Et les ténèbres voilèrent l'œil de la bête, et l'ardeur sacrée du soleil la fit pourrir en ce lieu même qui depuis lors s'est appelé Pytho, c'est-à-dire pourrissement.

Certes, les vieilles divinités vénérées ne se laissent point déposséder ainsi sans résistance de leur terrain et de leurs fidèles; vaincues elles ne disparaissent point totalement; il demeure d'elles un cadavre qui s'enfonce dans les consciences, qui pourrit en provoquant des cauchemars, une terrifiante perturbation mentale.

Par ce meurtre, nous dit Euripide dans un des chœurs de son *Iphigénie en Tauride*, Apollon a chassé Thémis du lieu de l'oracle; il a bouleversé l'ancien arrangement religieux; et, pour venger l'humiliation faite à sa fille, la terre Gé a fait naître pendant la nuit des fantômes qui annonçaient à des quantités de dormeurs aussi bien ce qui s'était déjà passé que ce qui allait venir, dans la plus grande confusion.

Mais il a dompté ce désarroi; mais il a obtenu de Zeus dont Thémis devint l'une des épouses, qu'il abolît ces voix nocturnes et ces égarements. Il est devenu capable par ses prêtres d'éclaicir ce chaos d'images, de lire dans ce cas particulier du pourrissement général, dans ce pourrissement du langage qu'est le balbutiement de la pythie, désordre bien localisé en quoi finira par se concentrer toute cette fermentation dangereuse, dans cet équivalent sonore et public de ces taches d'encre où nous projetons à notre insu, en les interprétant sous le regard du psychologue, nos contradictions, obsessions, et ces thèmes efficaces en nous qu'ignore si souvent notre conscience diurne; y projetant les contradictions religieuses et les nœuds de tout le complexe monde hellénique qu'ils représentent en tant que communauté, ils y lisent le courroux des dieux, présent ou possible; ils donnent corps au trouble ressenti ou craint, et décident des moyens propres à l'apaiser, à se purifier.

Il est Loxias, c'est-à-dire l'oblique, l'énigmatique, celui par qui l'énigme prend forme, au lieu de demeurer illimitée, contagieuse et destructrice.

5. — Les Abeilles.

L'ancienne divinité supplantée s'enfonce dans la terre; ce n'est pas forcément qu'elle ait été chthonienne à l'origine, c'est qu'elle le devient au moment de sa dépossession (ainsi les Olympiens et Apollon lui-même devenant démons après la submersion chrétienne).

La voici serpent, dragon, ou si elle réussit

à subsister, à garder son nom et un culte d'honneur, la voici suscitant serpents et dragons comme expression de sa fureur, de sa défaite; Héra par exemple, comme Zeus avait engendré Athéna sans son aide, fit naître Typhon aux cent têtes, ainsi que nous le conte longuement l'hymne homérique à Apollon, semblant tout d'un coup quitter son sujet au moment où il abordait son moment principal, la grande scène du combat, mais ce qui, en réalité, n'est pas le moins du monde une digression, puisque pour l'auteur ce Typhon, ou son doublet Typhée, avait exactement la même signification que Python lui-même, de telle sorte que tout ce qui concernait l'un devait pouvoir expliquer l'autre, rapprochement qui éclaire pour nous d'une façon nouvelle cette ouverture de la première *Pythique* dont j'ai cité un passage, qui se met à nous révéler que pour Pindare toute exécution d'une ode à Delphes, dans la mesure où la musique fait à nouveau frémir ce monstre, est une réactualisation du meurtre essentiel à l'histoire de ce lieu.

Python est l'expression massive de la

fureur de ces puissantes déesses dépossédées autrefois bienveillantes, maintenant terrifiantes, et qui sont devenues l'image même de la vengeance divine, ces Parques ou Moires qu'Apollon a réussi à dompter, moiragétès, et qui dans les *Euménides* d'Eschyle apparaissent comme défendant un ancien droit, une ancienne conception des rapports de parenté, où l'enfant était avant tout fils de sa mère, et qui s'oppose à celle dont leur successeur se fait le champion, s'exprimant en mythologie par le thème de l'engendrement d'Athéna par Zeus sans l'aide d'Héra :

« Ce n'est pas la mère qui enfante celui qu'on nomme son enfant; elle n'est que la nourrice du germe en elle semé. Celui qui enfante c'est l'homme qui la féconde; elle, comme une étrangère, sauvegarde la jeune pousse. »

Ce qui répond aux paroles des Erinnyes :
« C'est le sang de sa mère, celui qui coule dans ses propres veines, qu'il a répandu sur le sol. »

La pythie est d'autant plus terrorisée quand elle entre dans l'adyton et qu'elle les aperçoit horribles, toutes tapies autour d'Oreste suppliant, qu'elle était étroitement liée à ces antiques déesses qu'elle ne parvient plus à reconnaître dans leur effroyable métamorphose.

Elle est perpétuellement nommée l'abeille, son balbutiement un bourdonnement, et, dans l'hymne homérique à Hermès, nous voyons le vainqueur de Python, le grand déchiffreur, renvoyer le dieu des voleurs qui deviendra bientôt celui des écrivains, comme il lui demandait en échange du don de la lyre qu'il venait d'inventer, de partager avec lui le privilège de la divination, le renvoyer à ces trois Moires, à ces trois Vénérables, à ces « sœurs vierges fières de leurs ailes rapides, dont une poudre brillante parsème la tête, qui furent ses institutrices de l'art mantique..., qui demeurent aux pieds du Parnasse d'où elles prennent leur vol pour aller de tous côtés se repaître de cire..., et qui consentent à dévoiler la vérité lorsque elles sont gavées de miel », à ces abeilles que sa venue, que sa victoire a transformées en serpents.

Or, les ciceroni de Delphes assuraient à Pausanias que sur l'emplacement du temple qu'il voyait et dont nous considérons les vestiges, il y en avait eu un autre construit par les abeilles, qu'Apollon lui-même avait transporté dans ce pays mystérieux qui est son origine mythologique dernière, celui des Hyperboréens. Il compensait ainsi dans une certaine mesure la perturbation qu'il avait apportée dans l'économie du monde divin, dans la distribution des terres et des rôles; il réparait l'injure qu'il avait infligée à Thémis.

6. — Héphaistos.

Quant à ces autres temples qui, lui disaient-ils, avaient précédé celui d'Agamédès et Trophonios, le premier, cette hutte de branchages, comment ne pas le rapprocher de cette autre hutte « en forme de palais royal », demeure de Python que l'on reconstituait tous les huit ans à l'occasion de la fête du Steptérion, c'est-à-dire de la commémoration de la victoire et de l'installation d'Apollon à Delphes, pour pouvoir l'abattre et la brûler? Et s'il était considéré en cette époque tardive

comme déjà dédié à Apollon, c'est que
dans la distance toutes ces constructions
et destructions finissaient par s'assimiler
sous le signe majeur du combat essentiel
au logos de ce lieu, de telle sorte que tout
temple dans son édification était considéré
comme celui d'Apollon, le fondateur, dans
son effondrement comme celui du serpent.

N'y aurait-il pas sans cela un bien
étrange scandale dans le fait que celui
de bronze, s'il était vraiment l'apanage du
dieu éblouissant, ait été précipité par la
foudre dans un abîme ? Tout s'explique
lorsque la légende nous le présente comme
l'œuvre d'Héphaïstos qui joue à Delphes
un rôle semi-caché puisqu'il n'y possède
point de statue, mais fondamental puisque,
comme nous le rappelle la Pythie dans
Eschyle, ce sont ses enfants qui y ont
ouvert le chemin à Apollon, « apprivoi-
sant pour lui le sol sauvage », Héphaïstos
que les Grecs eux-mêmes considéraient
comme l'une des plus évidemment préhel-
léniques de toutes leurs divinités, qui se
plaît avant tout parmi ces habitants de
Lemnos au parler presque inintelligible,
étroitement lié à cet état de choses anté-

rieur à celui que défend Phoïbos, à cette conception avant tout maternelle de la filiation, puisqu'il fut engendré par Héra « sans union d'amour, par colère et défi lancé à son époux », le dieu boiteux, humilié comme ces artisans métallurges dont il est le patron, lui à qui, comme à Typhon, a été assigné comme séjour désormais l'intérieur et la base de l'Etna.

« De bronze étaient les murs, de bronze également les colonnes qui se dressaient », dit Pindare, et cette insistance sur le mot bronze est un rappel direct de ce passage d'Hésiode (la ressemblance est encore bien plus sensible dans les textes originaux) : « de bronze étaient leurs armes, de bronze également leurs maisons ; avec le bronze ils labouraient, car le fer noir n'existait pas. »

Il est le dieu de l'âge du bronze (comment ne pas songer ici à cette collection de lingots massifs que présente le musée de Candie), le dieu de cette troisième race « terrible et puissante », antérieure au premier âge du fer, celui des héros achéens, celui de la guerre de Troie puis des Sept contre Thèbes, celui que nous nommons le mycénien, cet âge au cours duquel est venu Apollon, cet âge qui, nous dit Hésiode, se perpétue chez les bienheureux Hyperboréens.

7. — Dionysos.

Car ces mystérieux Hyperboréens, dans leur inaccessible région au-delà du nord, ils sont la persistance idéalisée, dans le lointain de l'espace, d'un état de choses qui va ici disparaissant dans le lointain passé; aussi lorsque Apollon s'en va les visiter à l'automne, ce n'est pas vers son origine géographique qu'il retourne, c'est plutôt vers le temps de son irruption à Delphes,

laissant la place à ce dieu mort dont il gardait le sarcophage et qui ressuscitait tous les ans à l'automne,

à Dionysos dont la diffusion sur toute la Grèce était, comme on l'a dit, un retour du passé, ce qui prenait ici une signification très précise (ainsi Euripide nous déclare que le serpent Python était couleur de vin, et que le sommet du Parnasse au moment de la venue d'Apollon était déjà animé par des danses bacchiques),

à Dionysos parce qu'il est « la pure lumière de l'automne », et que c'est au printemps et à l'été surtout, dans les saisons de grande course du soleil, que le site de Delphes fonctionne comme un four solaire, qu'il est donc l'évidente demeure du dieu éblouissant, dont la puissance y semble diminuer le reste de l'an,

à Dionysos parce qu'il est justement ce qui dans les journées plus sombres va nous permettre de pallier ce défaut de la lumière, de la chaleur externe,

étant Bromios, le tumultueux soulèvement de toute notre ardeur intime, cette ivresse que les boissons aident à produire, en opposition à cet étourdissement provoqué par l'immense clarté s'abattant sur vous,

frère complémentaire de Loxias, nous dévoilant l'envers de sa nature, le relayant cet éblouissant, cet aveuglant qui est la noirceur même de la lumière, l'inévitable obscurité de la révélation,

lui, cet éclairement qui se dégage du noir même, cette raison qui se dévoile sans

notre délire, rougeoiement de l'âtre au
cœur de l'hiver.

8. — Castalie.

Une autre fois, après un autre pèlerinage sans doute, je parlerai des autres
dieux et des autres monuments, des développements particuliers de cette structure
dont je n'ai pu qu'esquisser le centre.
 Alors j'aborderai Poséidon, Athèna Pro-
naia, les nymphes ou ménades de l'antre
corcyrien, et ces deux ennemis d'Apollon :
Héraklès et Néoptolème, mais il ne m'est
pas permis d'achever ce présent discours
sans faire au moins une allusion à la
fontaine Castalie, parce que le mobile
même de mon voyage, cette nécessité
obscure à laquelle j'obéissais et qui me
préoccupait depuis plusieurs jours justement parce que je ne parvenais pas à la
saisir avec exactitude, m'est apparu enfin
clairement lorsque j'ai atteint ses illustres
eaux pures :
 à grand plaisir et à longs traits j'y ai
bu l'audace d'affronter ce spectre profes-

soral à mes côtés ricanant : « de quoi te mêles-tu qui ne sais presque plus de grec et qui n'en as jamais su que fort peu », la certitude qui me manquait auparavant du droit absolu qui m'est imparti par l'écho qu'elle éveille en moi, d'appliquer ma propre divination vénérante à cette énigme que propose l'immense bouche d'or rocheux.

En vue de...

MALLIA

C'ÉTAIT en Crète, le 31 décembre; j'avais pris le car tôt le matin à Héraklion pour me rendre à ce village de la côte nord, tout en blancs cubes, entre la montagne couverte d'oliviers jusqu'à mi-pente, et les vergers se terminant à la mer.

J'avais photographié longuement les ruines de l'ancien palais minoen, ces bases rondes de colonnes autour de la cour, ces quelques marches, cette boule de pierre au milieu, tout cela mêlé de petites fleurs blanches et violettes; j'avais déjeuné dans un café au bord de la route, et j'étais retourné à l'arrêt du car pour l'attendre, bien avant l'heure à laquelle il devait passer.

Tout d'un coup je le vois qui vrombit

dans la poussière sans ralentir, son toit tout chargé de sacs et de paniers. Avec les quelques mots de grec moderne que je savais et que j'ai oubliés depuis, les entremêlant de diverses bribes en d'autres langues que mes interlocuteurs pouvaient avoir entendu parler, je demande ce qui arrive, s'il y en aura encore un autre dans l'après-midi pour me ramener à la capitale de l'île. On me répond que cette voiture étant sans doute déjà trop pleine, elle ne pouvait prendre de nouveaux passagers, que sans doute la seconde allait suivre. Je me rassieds; ainsi passe une heure.

On m'explique qu'il n'y a plus d'espoir pour ce jour-là, que c'est la Saint-Sylvestre veille de fête, que le service est désorganisé jusqu'au lendemain.

Il n'est pas question de rentrer à pied : la ville est à trente-cinq kilomètres. Le jour baisse; le blanc des maisons devient bleu.

Des jeunes gens vont chercher dans sa maison, l'une des principales, un homme assez gras, déjà assez vieux, qui est allé en Europe, comme on dit en Grèce, et qui paraît-il parle anglais. Nous avons beaucoup de mal à nous comprendre ; il s'agit de savoir où l'on va me coucher.

C'est alors que les choses devinrent merveilleuses.

L'homme chez qui j'avais mangé, vers une heure, mon pain, mon mouton, mes olives, avait un fils à l'esprit aventureux qui avait imaginé d'installer dans le premier étage de sa maison des chambres à louer en vue du printemps et l'été prochain ; la première était prête et propre.

Je suis parti avec lui sur le chemin, et il m'a fait les honneurs de son verger dans le crépuscule, me faisant goûter à toutes les races d'oranges qu'il y cultivait, tandis que la roue de l'éolienne au-dessus de nos têtes ronflait doucement pompant l'eau claire.

A la tombée de la nuit, nous sommes descendus dans sa salle à manger souterraine où il m'a fait dîner avec sa femme et ses deux filles qui avaient à peu près six et sept ans (j'étais en face de l'entrée, je voyais les marches frappées par la lune, et je me souviens très confusément qu'il y avait une grande cruche, ou une figure dans les pierres, je ne sais plus, qui me regardait comme une énorme chouette immobile), puis, comme c'était veille de fête, la dernière nuit de l'année, nous avons joué pendant plusieurs heures, presque sans une parole naturellement, à part les quelques très simples, très vite apprises, nécessaires à ce jeu-là, avec un toton à six faces, misant des fèves, et ce n'est que lorsque les paupières des enfants ont commencé à ne plus tenir ouvertes malgré leur excitation devant l'étranger, devant cette soirée à l'ordonnance inhabituelle, qu'il a pris une lampe à pétrole et qu'il m'a fait monter par l'escalier extérieur craquant jusqu'à la chambre neuve et très froide dont je n'ai pas réussi à fermer les fenêtres.

J'ai ouvert les volets à l'aube ; au-dessous de moi les feuilles des orangers tremblaient dans le vent ; la mer grise bruissait au loin.

Il y avait dans l'église un bel iconostase en bois doré ; je n'avais plus de pellicule pour photographier le village ; à la fin de la matinée j'ai repris le car pour Héraklion qui est passé à l'heure prévue, conservant dans ma mémoire comme un talisman l'hospitalité de Mallia.

MANTOUE

Pendant des mois, je m'étais dit : cet été j'irai en vacances à Rome, pour y vérifier des détails, pour m'en imprégner davantage, je ne pourrai pas aller en vacances ailleurs ; mais tout l'été j'ai travaillé à la « modification » sans quitter Paris, et lorsque cela a été terminé, lorsque les épreuves ont été corrigées, comme j'étais fatigué de ce long effort et que j'avais besoin de changer d'air, d'attraper un peu de soleil, je suis bien parti en vacances, et en Italie, mais non point à Rome, parce que ce voyage n'aurait plus rien pu changer, et qu'il y avait un an et demi que constamment une partie de moi au moins était dans ce wagon, sur ce trajet, roulait vers cette destination ; j'ai donc pris le train pour Milan où il a plu si fort toute la journée, qu'après avoir visité le nouveau musée du château Sforza avec l'étonnante salle peinte en voûte d'arbres entrelacés sous la direction de Léonard, sans même avoir pu entrer dans cette chapelle de Saint-Eustorge décorée par Foppa dont un de mes amis m'a parlé si souvent et pour laquelle il éprouve une tendresse sans aucun doute si justifiée, que je manque à chaque passage je suis reparti le soir même pour Florence où pendant trois jours je n'ai fait pour ainsi dire que dormir, ne sortant que pour les repas et pour m'enfermer à la fin de l'après-midi dans une salle de cinéma, voyant ainsi, à la suite, *I sogni nel cassetone*, le détestable *remake* du déjà détestable *Elle et lui*, et *les Nuits de Cabiria*.

Le quatrième jour, j'étais reposé et il faisait un temps d'octobre merveilleux, un soleil au rayons dorés et horizontaux détaillant les collines que je considérais depuis la forteresse du belvédère, au-dessus du palais Pitti, remise en état, toute nettoyée, toute redevenue neuve, pour une passionnante exposition de fresques détachées ; mais dès le lendemain il me fallait remonter vers le nord, parce que je voulais absolument voir Mantoue, m'arrêtant à Modène, ville dont le cœur ancien se développe en ruelles sinueuses bordées d'arcades autour d'un des plus singuliers et admirables de tous les monuments romans,

à Mantoue, non seulement à cause de la *camera degli sposi*, mais afin d'essayer de percer le secret de ce nom que j'avais rencontré si souvent dans des livres ou des conversations, empreint d'un obscur prestige que je désirais éclaircir.

Voilà, j'aurais voulu vous parler de Mantoue, de la splendeur et de la désolation de cette ville un peu à l'écart des grandes voies, sans immeubles ni magasins modernes, mais je n'ai ni le temps, ni la tranquillité nécessaire, ce soir, pour pouvoir donner autre chose que les plus rudimentaires indications, à savoir que c'est un des lieux, en dehors de Rome, où apparaît avec le plus d'évidence la hantise romaine, cette espèce de désespoir qui a saisi l'Europe au moment où elle a commencé à sentir, à cause de la prise de Constantinople et de la découverte de l'Amérique, que l'image de l'empire comme unité du monde commençait à se fêler définitivement, s'efforçant de se masquer cette absence par une furieuse imitation de l' « Antiquité » non plus comme le soubassement, la préparation de la chrétienté, mais pour la première fois comme un monde tout autre dont on était affreusement séparé et qu'il s'agissait de reconquérir (on sait que Mantegna joue à cet égard un rôle d'exemple privilégié).

Avec quelle violence on est frappé lorsque l'on débouche pour la première fois, après la longue préparation du Corso se rétrécissant, dans cet ensemble de places rouge sombre liées, rythmé par les hautes tours, l'une des plus remarquablement variées de toutes les organisations internes d'espaces urbains que nous devons au Moyen Age, par cet arc de triomphe à droite, en marbre blanc éblouissant, qu'Alberti a donné pour porche à sa basilique; presque plus significatif et plus impressionnant encore est l'autre inachevé, sinistre, en brique poussiéreuse, sur la place qui si justement porte son nom. Mais c'est à l'intérieur de ce labyrinthe à la fois morne et fabuleux si somptueux, si délabré, cet entassement désordonné, fastueux et absurde, de salles, de cours, et de jardins, qu'est le palais des Gonzague à la pointe de la ville, entre les marais, avec son complément de l'autre côté, le palais du Té, que la hantise devient délire et obsession, toute l'architecture se muant en décor, faux marbres, fausse pierre, trompe-l'œil, jamais suffisant, jamais satisfaisant, la surabondance accentuant la déception, décor dans lequel la vie de toute une famille, de toute une cour, devient peu à peu théâtre, « scènes à l'antique ».

Et j'aurais voulu montrer comment le poids particulier du thème romain sur Mantoue au moment de la renaissance peut se relier à ce « génie du lieu » qu'est resté constamment pour elle Virgile, figuré par une très émouvante statue médiévale en son centre :

> *e li parenti miei furon Lombardi,*
> *Mantovani per patria ambedui.*

> *Nacqui sub Julio, ancor che fosse tardi,*
> *e vissi a Roma sotto il buon Augusto,*
> *al tempo degli Dei falsi e bugiardi.*

*Poeta fui, e cantai di quel giusto
figliuol d'Anchise che venne da Troia
poi che il superbo Ilion fu combusto.*

(*Inferno*, 1.)

poète fondamental de la latinité, non seulement parce qu'il a été considéré pendant tout le Moyen Age comme la figure par excellence de ce qui dans la Rome impériale permettait la Rome chrétienne, comme le « prophète païen », mais aussi parce que son œuvre principale concerne l'origine même de Rome, est un effort, au moment où celle-ci s'aperçoit qu'elle est devenue le centre du monde, à la place de tant d'autres cités plus anciennes qu'elle, pour justifier mythologiquement ce prodigieux privilège.

Enfin, quittant Mantoue, j'ai rejoint l'Orient-Express à Vérone, autre ville de belles places liées.

FERRARE

Renonçant, pour l'instant, pour aujourd'hui, à écrire ce texte sur Ferrare comme je l'aurais voulu, parce qu'il me faudrait pour préciser et illustrer ce que je veux dire consulter des documents qui ne sont pas à ma disposition immédiate, le livre de Roberto Longhi *Officina Ferrarese*, par exemple, qui m'aurait donné de précieux renseignements sur tout ce groupe de peintres qui me captivent, des photographies au moins de certains de leurs tableaux si rares et si dispersés, d'une qualité souvent plus grande que celle des détails de ce merveilleux *Salon des Mois* au palais Schifanoia, permettant par conséquent de reconstituer bien plus justement et de façon bien plus convaincante, en prenant comme point de départ l'architecture d'ensemble qu'il nous propose, ce monde mental ancien si proche de nous, si riche pour nous, si précieux dans sa pressante énigme,

des documents sur cette famille d'Este, noyau de tout ce mouvement, de ce que l'on peut bien appeler la civilisation de Ferrare, sur tous ces personnages si singuliers et leurs relations avec les maîtres d'autres villes italiennes,

sur l'extinction de cette famille, sur le passage de cette ville aux mains de la papauté, ce qui a signifié sa mort définitive comme lieu d'origine et de culture, mais ce qui n'a été aussi que la sanction d'une longue agonie commencée dès le début du xvie siècle, la contamination par la puissance romaine, par les prestiges romains, de cet esprit si profondément libre, si lointain de toute contre-réforme,

je me résous à ne vous indiquer que les grandes lignes d'une invitation à la découverte de ce lieu-là, de mon mode d'emploi de Ferrare, à ne vous présenter que des fragments d'un texte futur qui, s'il existe un jour, vous le savez bien, sera quelque peu différent de ce qu'annonce cette esquisse.

FERRARE

Il faudrait commencer par l'écho de ce nom Ferrare, par la résonance qu'il a eue pendant plusieurs siècles dans l'esprit de ces hommes qui nous sont en général si obscurs malgré leur célébrité scolaire, si difficilement intelligibles (et ceci par notre faute, parce que nous négligeons sciemment toute une partie de leur environnement), que nous affublons de ce nom si trompeur de « classiques », en prenant pour point de départ le Torquato Tasso de Gœthe, et de là montrer le rôle éminent qu'ont joué les deux grands écrivains de Ferrare : le Tasse, et avant lui l'Arioste dans l'équilibre littéraire de l'Europe, c'est-à-dire dans la structure mentale de tous les Européens cultivés, et, en Italie, du peuple même, depuis le xvie jusqu'au xixe siècle, que la révolte d'un Boileau contre eux en France est affaire incomparablement plus grave qu'une simple question de goût :

De la foi des chrétiens les mystères terribles
D'ornements égayés ne sont pas susceptibles.

Il se produit en effet dans leur pratique poétique une suspension de la croyance au dogme chrétien, traité comme mythologie. Chez l'Arioste, la conscience de cette suspension amène à une étonnante irrévérence, au milieu du monde féerique qu'il nous décrit, ce qu'il faudrait évidemment montrer sur citations.

Ce pays de l'émerveillement que l'on trouve dans le Roland Furieux, c'est celui-là même qui se déploie sur les murs de Schifanoia, tellement plus présent. C'est donc vers ses grands maîtres du quattrocento qu'il faudrait alors se tourner : Tura, Cossa, et Roberti. Il est clair qu'ici devrait intervenir un long commentaire du *Salon des Mois* et de son paganisme philosophique.

Il y a dans la civilisation et l'esprit de Ferrare quelque chose qui n'a pas été suivi, une direction qui a tourné court et qui se trouve dans une merveilleuse harmonie avec certains de nos besoins, comme si cette lumière si vive qui pendant plusieurs siècles s'était graduellement obscurcie avant de nous redevenir évidente, nous n'avions plus qu'à la reprendre en main pour avancer.

Et je terminerais par ce qu'il y a peut-être de plus émouvant dans cette ville, ce qui ne se découvrira qu'à son lecteur attentif et patient : le fait que l'ensemble des monuments anciens qui nous y attire, pour la plupart inachevés, et presque tous signés Biagio Rosetti, ce sont bien les ruines d'une cité, mais ruines d'une cité future qui n'eut jamais lieu, la prospérité de Ferrare la quittant sous la pression des autres états, son audace s'émoussant dans le tournant que prend alors l'esprit de l'Europe entière dans une autre direction que la sienne, tous ces quartiers prévus lors de son expansion demeurant vides, ces palais dessinés pour être des angles de carrefours animés, demeurant isolés au milieu des terrains vagues, incomplets décors de fêtes absentes.

Ce sont donc les morceaux réels d'une ville rêvée qui sont là, et parmi ces admirables indications, l'esprit du voyageur peut errer aussi librement et fructueusement que devant des surprenantes perspectives des peintures si détériorées du palais de Schifanoia.

Égypte

JE suis au pied du mur; il est grand temps que je m'y mette enfin à ce texte que j'ai promis sur l'Égypte, promis à tout ce qui en moi est devenu dans une certaine mesure égyptien par ce passage de huit mois dans la vallée et qui m'a rappelé si violemment cette promesse, avec un tel accompagnement de honte et de déchirure lors de ces événements lamentables de l'an passé à propos desquels certains, j'étais à l'étranger, jugeaient bon de me féliciter, ignorant ces attaches que je veux aujourd'hui publier, de féliciter mon pays de redresser enfin, comme ils disaient, la tête, cette tête soudain si — et il faudrait ici un adjectif pour rendre compte de la déception mais bien plus fort que « décevant », un mot pour exprimer une véritable trahison tout à fait inattendue — pour ceux qui avaient

mis en elle une si naïve confiance et si
acharnée, si constante jusque-là malgré
tant de si nets et si mauvais présages,

car, je puis le dire (j'use de ce mot si
détourné de sa racine, si associé ici désormais à tant d'horribles et insinuantes
duperies, avec les plus grandes précautions
et parce qu'il n'y en a pas d'autre),
l'Égypte a été pour moi comme une
seconde patrie, et c'est presque une seconde
naissance qui a eu lieu pour moi dans ce
ventre allongé suçant par sa bouche delta
la Méditerranée et ses passages de civilisations, thésaurisant celles-ci et les amal-
gamant dans sa lente fermentation;

et il est grand temps, non seulement à
cause de l'urgence extérieure, parce qu'il
n'est évidemment pas inutile, dans cette
précipitation désastreuse à laquelle nous
sommes contraints par l'ampleur et la rapidité de transformations dont nous ne par-
venons à percevoir, la plupart du temps,
ni les raisons ni même les dimensions véritables, dans cette précipitation de juger qui
nous empêche d'examiner à tête suffisamment reposée les données des problèmes
que nous voudrions tant résoudre,

ÉGYPTE

d'essayer d'apporter un peu de lumière, quelque information, si partielle, si faible, si individuelle soit-elle, sur le terrain dans lequel prennent naissance et s'enracinent ces dissensions et ces questions,

mais aussi parce que ce noyau égyptien en moi-même, s'il est toujours aussi actif, l'est de plus en plus secrètement, qu'il s'enfonce, de plus en plus recouvert par ce qui s'est passé pour moi depuis,

et que c'est donc maintenant, si je veux m'y retrouver dans ce que je pense et ce que je vois et ce que je veux dire, tandis que ces images de l'Égypte sont encore suffisamment à ma portée, que je réussis à les évoquer encore à peu près à mon gré, mais avec moins de précision déjà, qu'il faut que j'en dresse au moins une première liste, un mémorandum, une recension.

Or, s'il y a une chose dont je sois bien certain et je le savais dès mon retour; je n'avais même pas besoin pour cela de ces conversations depuis avec des gens qui avaient eux aussi passé quelque temps en Égypte, touristes ou hommes d'affaires, quelques-uns un temps bien plus long que moi; j'avais bien vu, à de rares occasions au Caire, de ces compatriotes vivant à Héliopolis ou Garden-City, profondément absents d'Égypte, aveugles à l'Égypte, n'en subissant la magie que par son aspect le plus anesthésiant et délétère, d'autant plus dangereuse naturellement que l'on refuse d'en reconnaître l'existence,

c'est que, si j'ai vu là ce que j'ai vu, si j'ai dû lutter si fortement contre l'emprise de la foncière étrangeté égyptienne, si m'a donc à ce moment envahi une si vigoureuse passion pour elle et si durable, si j'ai exploré, en si peu de temps hélas, avec tant de curiosité, les anciens quartiers du Caire, c'est parce que je venais de plus loin en Égypte, que je n'habitais pas dans une de ces deux grandes villes dans lesquelles il est normal pour un Européen, pour un jeune Parisien licencié en philosophie, de résider,

et, par conséquent, je ne puis commencer à parler de l'Égypte, je ne puis me faire comprendre, notamment de ceux qui ont vécu eux aussi en Égypte mais dans de tout autres conditions, qu'à partir de ce qu'a été mon existence à Minieh, petite ville alors de quatre-vingt mille habitants, en moyenne Égypte, à deux cent cinquante kilomètres au sud du Caire, sur la rive occidentale du Nil, l'un des gros marchés de coton, sans aucun monument remarquable, sans aucun bâtiment de plus d'un siècle, alors qu'elle est vieille d'au moins cinq mille ans, se trouvant vraisemblablement au même endroit que l'antique Monat-Khoufou, la « nourrice » de Khéops, constructeur de la grande pyramide,

et que, de toute façon, quelle que soit l'identification exacte que l'on réussisse à lui donner finalement, il y a toujours eu depuis ce temps-là une ville se promenant très lentement dans la région au gré des destructions de ses maisons de brique sèche, s'écroulant usées par le vent ou minées par les très rares pluies, et des constructions de nouvelles,

jusqu'à celle que j'ai connue au nord de laquelle hâtivement on élevait de hauts immeubles de béton.

Il faut dire qu'en ce temps-là (le roi Farouk était encore au pouvoir pour la dernière année; on sentait bien que les choses ne pourraient plus durer longtemps telles quelles, mais personne alors n'osait espérer que la déflagration viendrait si vite), le gouvernement égyptien avait décidé de rendre l'enseignement du français obligatoire dans les écoles secondaires au même titre que celui de l'anglais, et que, se trouvant ainsi devant un besoin tout nouveau de professeurs pour cette langue, voulant d'ailleurs faire bien les choses (le ministre était cet écrivain aveugle Taha Hussein dont André Gide avait préfacé l'un des livres), il avait demandé, par l'intermédiaire de nos relations culturelles, l'envoi d'un contingent de licenciés, n'importe quelle licence, afin de faire face à cette soudaine demande.

Désireux alors d'un peu de distance, de retraite, et d'une certaine aventure, sensibilisé à l'Égypte ne serait-ce que par cette fontaine en face de chez moi, rue de Sèvres, empire, dite fontaine du Fellah, je me suis heureusement laissé prendre à cette invite,

m'efforçant de me prémunir contre cette aura d'illusions qui entoure le mot Orient, me disant que tout ce qu'y avaient cherché les romantiques devait être mort à jamais,

ÉGYPTE

bien décidé à ne pas me laisser séduire par certain pittoresque lié à la misère et entretenu à des fins touristiques, l'Orient des coiffeurs et des boîtes de dattes, m'attendant par conséquent à ne rien rencontrer d'autre, dans la ville où j'aurais à vivre, qu'une province particulièrement reculée, particulièrement arriérée à certains égards, mais d'une extrême banalité, sauf l'existence de pauvretés plus accentuées, plus visibles que n'importe où en France, de richesses plus fastueuses permettant peut-être à certains culture et audace d'esprit, avec un climat plus chaud que celui de Marseille, mais à peine, tout cela n'exigeant de moi nul effort véritable, ne m'apportant nulle découverte (et toute cette vision préliminaire se serait entièrement confirmée si j'avais abouti à Alexandrie), emportant avec moi une malle de livres justifiant et appelant la relecture et ma petite machine à écrire dans l'intention de faire un livre que je n'ai pas pu faire là-bas, que je n'ai fait qu'en Angleterre dans la nostalgie de l'Égypte.

Donc, arrivé au Caire après un voyage pénible, installé à l'hôtel Luna-Park qui donnait sur une place triangulaire autour d'un grand jet d'eau bruyant, je me suis rendu à l'adresse que l'on m'avait donnée à Paris, au ministère de l'Education nationale où devait nous recevoir le directeur de l'enseignement du français, vieux compatriote affable et ignorant, satisfait de son sort, fixé là depuis des années, qui m'a dit :

« vous devez aller à Minieh; vous avez de la chance; c'est une grande ville avec des immeubles neufs, de gros comptoirs de coton, un très joli club sportif avec de beaux terrains de croquet; ce n'est pas trop loin du Caire; vous verrez, vous y vivrez très agréablement; tous ceux que j'y ai envoyés ont toujours été très contents. »

Aussi je suis allé voir les gens pour qui l'on m'avait donné des lettres de recommandation, leur demandant ce qu'ils connaissaient de Minieh, s'ils connaissaient quelqu'un à Minieh, et ils m'ont donné à leur tour des lettres de recommandation.

Maintenant représentez-vous le long quai de la gare, avec des pancartes où le

ÉGYPTE

nom de Minieh était inscrit en caractères européens et, avec une superbe barre épaisse et souple, en ces caractères arabes que je ne parvenais pas encore à identifier et que j'ai oubliés depuis,

et le bâtiment au milieu semblable à ceux que l'on trouve dans des bourgades du Languedoc, un escalier qui descendait, une petite place, et une rue toute droite jusqu'au Nil bordée d'immeubles de trois ou quatre étages peints de couleurs fades et défraîchies.

Rien que de terne et d'anodin dans tout cela de prime abord; il faisait beau, il avait toujours fait beau depuis que j'avais débarqué, mais je ne voyais encore là rien d'extraordinaire, rien que d'agréable; ce n'est que peu à peu que le paysage dans lequel je me trouvais, et la ville en faisant partie, et les hommes y habitant, sous ce très mince vernis d'européanisation qu'ils affichent avec tant de soin, m'ont découvert leur étrangeté, lentement, mais de plus en plus fortement, de telle sorte qu'au lieu de m'habituer, j'ai vécu pendant tout mon séjour dans un état de dépaysement croissant se transformant bientôt en émerveillement sur le fond de l'ennui nostalgique, appréciant de mieux en mieux ce qu'il y avait de justesse permanente dans ce passage du deuxième livre d'Hérodote que j'avais traduit quelques années plus tôt en Sorbonne essayant de passer un certificat de grec :

« les Égyptiens qui vivent sous un climat singulier, au bord d'un fleuve offrant un caractère différent de celui des autres fleuves, ont adopté aussi presque en toutes choses des mœurs et des coutumes à l'inverse des autres hommes. »

Il y a tout d'abord que l'espace dans la vallée du Nil possède une direction principale, un sens absolument privilégié, ce que la composition de la peinture égyptienne ancienne par registres parallèles superposés nous exprime admirablement.

Si je suis en France, je puis m'éloigner du lieu de mon habitation en m'orientant selon n'importe quel point de la rose des vents; la campagne se déploie tout autour et même les montagnes si difficilement accessibles qu'en soient certaines pointes ne nous apparaissent que comme des obstacles, comme des noyaux de résis-

ÉGYPTE

tance au-delà desquels tout reprend, mais dans la Haute-Égypte qui est une rainure creusée dans le plateau saharien, longue, si on ne la mesure que depuis la première cataracte jusqu'au Caire, de neuf cent cinquante kilomètres tandis qu'elle en a en moyenne dix de large, tant que l'on va parallèlement au cours du Nil, on peut voyager indéfiniment vers la Basse-Égypte et la Méditerranée d'un côté, de l'autre vers l'Éthiopie ou le Soudan, mais si l'on marche perpendiculairement au cours du Nil, on est très rapidement arrêté par le désert qui commence avec une extrême brutalité, sans aucune de ces transitions que l'on trouve en Afrique du Nord, et l'on sait toujours que l'on sera arrêté, car ce désert commence par une falaise que l'on voit de partout.

Le Nil coule à Minieh du sud au nord, et depuis le Caire à deux cent cinquante kilomètres au nord, jusqu'à Assiout à cent cinquante kilomètres au sud, il n'y a pas de pont pour le traverser, et la route qui le longe étroitement formant un boulevard planté de flamboyants en plein éclat lors de mon arrivée en octobre, que je prenais tous les jours pour me rendre au lycée égyptien, apprenant la diversité du beau temps matinal, est la seule route où puissent normalement passer des autos autres que des jeeps (il n'y en a point sur l'autre rive), et la ville étroite s'accroît vers le nord, les immeubles modernes s'ajoutant les uns aux autres le long des rues parallèles tandis que dans le sud les maisons de terre se délabrent (Minieh doit avoir bien changé depuis le jour où je l'ai quittée ; elle doit s'être considérablement développée et stabilisée, et je voudrais bien aller voir quel visage elle a maintenant ; je l'ai connue en train de se solidifier un peu, mais encore mouvante, précaire dans ses bas quartiers, fuyant entre les doigts comme les villages sûrement encore maintenant et pour des années, comme toutes choses dans la vallée, persistante en sa continuelle démolition, se renouvelant depuis des millénaires dans la poussière s'accumulant de ses décombres), la ville serrée par le chemin de fer parallèle, l'unique voie de la vallée,

et au-delà de celui-ci, parmi les champs semblables à des aquariums remplis de

ÉGYPTE

blé liquide tant les tiges sont serrées, ou plantés de coton, avec leurs rigoles d'irrigation alimentés par le chadouf ou la noria dont on entend le grincement accompagné parfois, la nuit, du chant déchirant de l'homme qui les fait marcher, avec ces murailles de terre les délimitant, chemins sur lesquels solennellement, en file, comme sur les anciens bas-reliefs, se suivent les hommes un par un dans leurs robes de coton blanc à rayures ou bleues, de telle sorte que de toutes les peintures celle à laquelle ils font le plus penser est cet admirable passage de la troisième tombe de Béni Hassan, sépulture d'un haut personnage qui possédait entre ses titres celui de prince de Monat Khoufou, qui est célèbre sous le nom de « Caravane d'Asiatiques », et souvent reproduit d'après le relevé qu'en a fait Champollion, mais qui n'a jamais encore à ma connaissance été photographié,

dans leurs robes de coton blanc devenu gris ou brun comme leur calotte de feutre, comme la terre, comme l'eau du Nil, ou comme leur peau, ou comme leurs yeux, les femmes enveloppées dans le long voile

noir qui laisse voir leurs pieds nus, et
qu'elles relèvent encore quand elles entrent
dans l'eau pour remplir les cruches claires
poreuses qu'elles portent pleines et fraîches
sur leur tête, leur voile noir dont elles
ramènent un pan de temps en temps
devant leur visage rieur, avec cette
démarche incomparable qu'elles conservent jusque dans leur vieillesse, les petits
enfants les yeux souvent suppurant, toujours couverts de mouches que leurs
mères les empêchent d'écarter, les cheveux rasés sauf une ou deux mèches,

les moutons un par un, les ânes, les
bufflesses noires aux cornes retournées et
parfois les chameaux humant l'air, une
queue de renard pendue à leur cou,

parmi les champs et les villages avec
leurs vergers d'orangers tout autour de la
maison du propriétaire, avec leurs grands
eucalyptus bruissants et odorants, et les
palmiers se balançant, coule le grand canal
parallèle, le bahr Yousouf,

et un peu plus loin, et de l'autre côté des
autres champs sur l'autre rive du large lent
Nil marqué ici et là de grandes voiles
triangulaires s'incurvant au passage d'un

des souffles rafraîchissant du nord, ou du vent brûlant le khâmsin au printemps soulevant des tourbillons de poussière et charriant des insectes secs, des scorpions, même de petits serpents,

s'allongent les falaises parallèles, le mur, la limite orgueilleuse irrécusable de ce monde humide et végétal, la frontière brusque impitoyable du domaine des hommes, les falaises toujours visibles de partout même pendant la claire nuit, variant délicieusement chaque matin leurs ombres et leurs teintes selon l'inclination du soleil et le degré de transparence de l'air plus ou moins habité de brillante poussière cristalline ou de la vapeur s'élevant du fleuve en crue, à tel point que j'aurais voulu tenir un journal de ces différences,

les interminables falaises ne s'interrompant qu'en de rarissimes ouvertures au départ de pistes peu sûres, très peu fréquentées, de fantômes de pistes vers de rarissimes oasis ou de lointains ports, de lointaines mines abandonnées,

rebord de la vallée sur lequel nous montions, nous coulant par le lit desséché d'un oued, mes camarades et moi, professeurs français arrivés à peu près en même temps que moi, dans les mêmes conditions, venus de divers coins avec diverses spécialités, jetés comme une poignée de cailloux dans le long creuset, deux notamment, l'un grammairien, l'autre historien, à qui je dois tant de reconnaissance pour m'avoir si bien aidé à vivre « en » Égypte, ce qui impliquait un véritable labeur, une surveillance sans relâchement de nous-mêmes, à conserver les yeux ouverts malgré la permanente tentation de somnolence et d'abandon, qui m'ont tant soutenu dans ma passion de voir (j'ai perdu toute trace de l'un d'eux qui est peut-être encore là-bas et sous les yeux de qui je voudrais que ces lignes tombent),

nous montions sans nous préoccuper de l'étonnement de nos collègues égyptiens ou de nos élèves nous accompagnant, nous servant de guides, nous hébergeant parfois dans les fermes de leurs parents,

parce que nous voulions savoir comment cela continuait, parce que nous n'arrivions pas à comprendre, débarquant d'Europe, que cela ne continuait pas, que c'était tout autre chose qui commençait, un espace où nous n'étions rien, comme le sol d'une planète autre, qu'à quelques pas des cultures les plus dures du monde, de ces champs produisant trois récoltes par an, d'un seul coup, sans la moindre transition, on ne rencontrait plus que le roc usé par le vent, l'écorce sèche du globe,

assez souvent au début puis de plus en plus rarement, la leçon peu à peu apprise,

considérant toujours avec la même déception quasi scandalisée ces immenses étendues stériles, sans herbe, sans arbres, sans routes ni villes, dont nous savions qu'elles continuaient sans interruption sensible (quelques infimes îles vertes, en creux, au milieu de cet océan pétrifié, non navigable, sans possibilité de s'y baigner, sans nulle respiration) d'un côté jusqu'à la mer Rouge, de l'autre jusqu'à l'Atlantique,

si bien que, certes, toute envie que nous avions pu avoir dans notre ignorance, puis dans notre oubli, tandis que nous étions encore en-bas, d'y pénétrer, de nous y enfoncer, de nous y promener pour jouir du paysage, de nous y délasser dans sa variété espérée, s'abolissait,

parce qu'il aurait fallu qu'un point

remarquable, grotte, sommet ou ruine, nous permît d'organiser l'espace autour de lui, de l'intégrer à nos projets humains, nous donnant des raisons de choisir telle ou telle de ces innombrables directions qui s'offraient à nous toutes équivalentes, le rattachant à la vallée, alors que nous le savions, par là, il n'y avait rien, rien pour nous, rien d'accessible, qu'un pas, dix pas, cent pas, à droite ou à gauche, c'était la même chose,

et que donc notre marche, à partir de cette ligne de démarcation si visible, ne pouvait plus avoir ni sens ni but (à quoi bon s'avancer péniblement sur ce plateau nu et accidenté, ou, en d'autres endroits, dans ce sable, sous le soleil, sans espoir d'ombre ni de source, pendant un kilomètre, ou cinq, sans même atteindre ce premier repli de terrain, pour ne rien trouver d'autre que la monotonie de cette pierre inhabitée déjà exposée devant nous puis revenir?),

constatant que c'était le domaine des dieux et des morts, un immense ailleurs proche, sans noms, sans jalons, et sans cartes, une immense réserve de menace qui pouvait parfois prendre corps et déferler dévastateur sous forme de fantômes dans les rêves des Égyptiens, sous forme de chacals apparaissant à la nuit tombante les yeux brillants, sous forme de fauves faisant irruption dans leurs étables et leurs bergeries, et de pillards (les nomades n'y peuvent vivre que de brigandages; parasites de la vallée, ils sont pour ceux qui y habitent des vivants qui dès avant leur mort mènent une existence de fantômes, une existence de hantise) ou sous forme de vent desséchant,

un domaine sacré à la fois par son éclatante permanence à l'horizon des occupations quotidiennes, au-dessus des champs, à l'extrémité des rues, et son caractère si nettement séparé,

après quoi nous ne pouvions que retourner nos yeux vers la vallée à nos pieds, sa mosaïque de cultures, de carrés diversement verts qui devenaient de plus en plus lumineux, comme un grand vitrail habitable, à l'approche du soir, vers ce paysage en registres horizontaux, vers le grand Nil réfléchissant d'ici le ciel et le soleil, vers la route et le train, vers la ville et sa

foule, devant l'autre falaise et le pur ciel.
 Cette direction foncière de l'espace est d'autant plus vigoureusement ressentie qu'à Minieh, et dans presque toute la vallée sauf dans le segment qui va de Qeneh à Girgeh où le Nil coule à peu près d'est en ouest (mais, même là, la contagion de la mentalité des régions avoisinantes est telle que cela apparaît comme une anomalie, comme un repliement singulier de la rose des vents, une torsion momentanée de tout l'espace), perpendiculaire à cet axe terrestre chaque jour on peut suivre la course du soleil variant à peine dans le ciel presque toujours très clair, sans rien pour le voiler, naissant chaque matin après l'allumage au sommet de la falaise orientale d'une mince frange, surgissant et s'éclaircissant au-dessus d'un point toujours prévisible, avec la même rapidité, avec la même sûreté d'envol que ces scarabées noirs qui le désignent en sa jeunesse, en ses premières heures dans les hiéroglyphes anciens, et que les enfants déterrent pour jouer, frappant l'est des objets des maisons et des troncs des arbres, pour, chaque soir,

lui qui avait si éblouissant, si haut, si immobile au-dessus du fleuve à midi, Horus les ailes déployées pétrifiant de son œil terrible les gestes des hommes, rendant transparentes les plumes des milans au-dessus de nous, où bien Aton les caressant de ses mains innombrables au bout de ses rayons comme il est représenté dans les monuments amarniens, atteignant l'occident sombrer et s'assombrir de plus en plus vite, tomber vraiment comme happé par une immense bouche, puis fondre dans un horizon de poussière sanglante qui vire au violet puis laisse brusquement place à la nuit, la température s'abaissant immédiatement si bien qu'en hiver, avec une impression d'abandon, soudain le froid vous prend — et il faut fermer son manteau que l'on n'aurait pas eu l'idée de mettre tout à l'heure, rentrer chez soi, se protéger contre le fréquent gel — et qu'au printemps la vie peut commencer joyeusement,

relayé par la calme lune, puissance au milieu des étoiles volumineuses incomparablement plus nombreuses et plus proches qu'ici, se détachant sur le ciel noir, apparaissant, selon sa phase, ronde, célébrée par toutes les rides du Nil, ou ses deux pointes en l'air comme une paire de cornes, comme une barque, en bas comme l'arche d'un pont, comme une porte, comme un bec d'ibis,

sur laquelle les musulmans règlent leur calendrier tandis qu'Européens et Coptes règlent les leurs sur le soleil un peu différemment, de telle sorte que chaque jour a plusieurs dates, les fêtes des diverses confessions se rapprochant ou s'écartant, les ans et les mois roulant doucement les uns au travers des autres comme les rouages huilés d'une immense machine silencieuse,

dans le ciel presque toujours clair puisque dans cette région, dit-on, il pleut en moyenne deux heures par an (quant à Louqsor on y raconte en s'amusant que la dernière averse y fut l'annonce de l'expédition napoléonienne), et que si nous avions déjà vu des nuages, déjà vu pendant quelques minutes tomber des gouttes d'eau qui s'évaporaient à la seule approche du sol chaud et de la poussière sèche, une seule fois (je me souviens, j'étais chez un de mes camarades français), un bruit extra-

ÉGYPTE

ordinaire nous a arrachés à notre lecture, un roulement semblable à celui d'un tambour, qu'au premier abord nous n'avons pas su interpréter, nous apercevant, le souffle coupé, que cette transformation dans l'air, ces cris dans la rue, c'était la pluie, la véritable, avec une violence inouïe et le soleil l'illuminant, une seule fois nous avons pu la contempler, s'acharnant pendant presque une heure, ivres comme si chacune de ces gouttes d'eau était une goutte d'alcool, après quoi, les nuages dispersés, les ruisseaux taris sur les chaussées où ils avaient creusé de complexes rigoles, nous avons appris que plusieurs maisons avaient été endommagées dans le quartier sud,

cette organisation fondamentale si évidente que pour vous indiquer la situation d'un lieu particulier, d'un appartement dans un immeuble par exemple, on ne prend pas pour référence votre position du moment, mais ces constantes du paysage identiques aux points cardinaux, mais ces repères absolus que les murs mêmes d'une chambre ne parviennent pas à cacher, et que, par conséquent, l'on ne vous dira point : prenez la première à gauche, puis tournez à droite, mais : prenez la première rue à l'est, puis tournez au nord, vous montez l'escalier, et c'est à la porte du sud, que l'on parlera même à table d'une chaise qui est à l'ouest d'une autre.

En opposition avec ce domaine sacré du ciel et du désert, ce domaine de la permanence divine et de ses clairs mouvements sur lesquels tout doit se régler, la Haute-Égypte elle-même, le fond de la vallée où vivent les hommes, « la terre noire », non point là depuis toujours, mais don du Nil, ce sol même sur lequel on vit, que l'on cultive, d'où on tire sa subsistance, étant déjà une « production » dont on peut chaque année constater la lente accumulation, ce sol si précieux que parfois les villages, afin de n'en point gâcher un seul arpent, forment de petites enclaves dans le désert, de minuscules excroissances, est tout entière sous le signe de la précarité, d'une continuelle dégradation contre laquelle il faut constamment lutter si l'on veut maintenir quelque œuvre que ce soit.

Tout y apparaît éphémère, les hommes,

certes, et tous les animaux domestiqués, mais aussi la configuration même du terrain, de ces champs autrefois recouverts chaque année par les eaux obscures et nourrissantes (les villes seules émergeant, dit Hérodote, faisant à peu près le même effet que les îles dans la mer Égée), de ces champs dont toute une armée de géomètres, à chaque décrue, devaient redessiner les frontières englouties et effacées, maintenant, certes, pour la plupart demeurant toutes les saisons hors du débordement du fleuve déjà régularisé par de premiers barrages, mais au milieu duquel j'ai vu pourtant, à mesure qu'il baissait, des bancs de sables et de terre, de véritables îles bientôt, se former, sans que l'on ait pu prévoir où, sécher en quelques jours, leur surface noire se fissurant de profondes crevasses en tous sens comme une intense et amoureuse pénétration de l'air et du soleil, puis être labourées par les fellahs appuyés à leurs charrues de bois derrière leurs ânes ou leurs bufflesses, germer, verdir, pousser leurs rapides et denses moissons, des îles que l'on ne songeait pas à doter d'un nom particulier puisque l'on savait qu'au prochain retour elles seraient méconnaissables.

Devant une si manifeste division de l'univers, ce paysage de contrastes, comme il est naturel que les anciens Égyptiens aient considéré que l'organisation de leur société pour être stable devait elle-même intégrer un contraste, être fondée sur un équilibre de parties opposées, et qu'ils aient salué comme « leur premier roi qui fût un homme », comme le premier successeur des dieux, Min ou Ménès qui réussit à réunir sur sa tête les couronnes de deux régions aussi visiblement distinctes que la haute et la basse Égypte, liant cet événement à la construction d'une digue pour protéger de l'inondation un emplacement sur lequel édifier une capitale permanente en pleine « terre »;

devant cette constante humiliation du monde proche par un monde autre, comme il est naturel qu'ils aient considéré le pharaon, ce mainteneur, comme de la famille des dieux, et qu'ils aient dépensé ensemble sous sa direction une si fabuleuse somme de travail pour lui permettre de les assurer de cette origine et appartenance en laissant de son règne, de sa présence, une trace aussi évidemment durable que possible, un monument de fabrication humaine mais pouvant rivaliser de masse avec les escarpements du désert, mais conforme aux lois de ce divin monde, la pyramide orientée selon ses directions fondamentales, carrée, ses faces polies répondant exactement aux points cardinaux, dont le sommet était éclairé le matin non seulement avant toute chose de la vallée, mais avant même le rebord de la falaise, éblouissante à midi, réfléchissant horizontalement les rayons presque verticaux, véritable image terrestre du soleil, se découpant le soir devant son naufrage comme un masque devant son visage de mort, comme la porte de sa tombe;

comme il est naturel par conséquent, parmi tous les pays de l'Orient ancien, que ce soit dans la haute Égypte que se dressent les plus nombreuses, les plus impressionnantes ruines, et surtout les mieux conservées.

***

Le lendemain de mon arrivée à Minieh, je suis allé voir un acheteur de coton dont on m'avait donné l'adresse, un juif d'Alexandrie assez âgé qui m'a conseillé, pour m'installer, de louer une partie d'appartement.

Justement, l'un de ses comptables, parlant fort bien français, venait d'en trouver un qu'il partagerait volontiers avec moi.

C'est ainsi que j'ai fait la connaissance de Hassan qui m'a servi en quelque sorte d'intendant pendant tout mon séjour et qui m'a fait entrer dans une chambre vide, carrelée, haute de plafond, aux murs de ciment peints en vert tendre, qui, jusqu'à un certain niveau, se sont rapidement ponctués de petites taches de sang, parce que nous étions en automne, que le Nil commençait seulement sa décrue, et qu'il y avait par conséquent de nombreux moustiques très agaçants que j'écrasais avant de m'endormir.

Nous avons loué un homme avec une charrette pour emménager ma cantine, puis nous sommes partis à la recherche d'un lit, qui n'a pas été difficile à trouver parce que l'hôpital en avait fait venir, l'année précédente, je crois, un peu plus qu'il n'en pouvait abriter,

un lit de métal avec un sommier de fils métalliques tendus par des ressorts bruyants.

Nous avons choisi chez un marchand d'étoffes une toile pour le matelas, épaisse et soyeuse à rayures grises, comme celles dont les paysans faisaient leurs robes; nous avons pris des échantillons de coton brut à l'entrepôt, et nous avons confié le tout à un couseur.

Puis nous avons acheté une paire de draps et une couverture, si bien que, dès le jour suivant, j'ai pu m'installer dans l'appartement qui n'avait pour tout autre meuble que le grand lit à deux places de Hassan, et, dans le réduit qui servait de cuisine, par terre, un réchaud à pétrole Primus,

(une cruche, un bidon, quelques assiettes de faïence à fleurs roses, quelques verres et quelques couverts, deux marmites avec leurs couvercles).

Je n'ai pas eu non plus de difficulté pour trouver des chaises, car le « club sportif » en avait fait venir en quantité pour son jardin ; mais il me fallait encore d'autres objets dans cette pièce ; je considérais qu'il m'était impossible de vivre sans une table, en ayant besoin pour lire et écrire, faire mon métier de professeur si élémentaire qu'il fût, en ayant besoin même pour manger à mon aise.

Or, si les plus riches Égyptiens de Minieh avaient chez eux de nombreux meubles, lourds, stupidement somptueux ; épaissement dorés, dans un style Louis XV surchargé, tapissés de cretonnes à grosses fleurs, c'était en général du Caire qu'ils les faisaient venir, ou même, directement, des grands magasins de Paris ou Londres, et il n'y avait point à ce moment-là dans toute la ville une table à vendre.

Comme je n'avais, au début de mon séjour, à cause des lenteurs de l'administration royale, que fort peu d'argent, la seule solution était d'en faire fabriquer une par un de ces menuisiers d'ailleurs habiles, qui mettaient tout leur orgueil à réaliser très lentement des cintrages compliqués pour des buffets qu'ils espéraient capables de rivaliser avec ceux que parfois le train déchargeait,

d'acheter le bois, de faire un dessin coté pour expliquer exactement comment je la voulais,

puis d'aller voir tous les jours à l'atelier, pendant trois semaines, apprenant la patience et le fait qu'il n'est point possible de trouver en arabe un équivalent du français « trop tard », où on en était,

jusqu'au moment où enfin je l'ai vue, cette table désirée, vernie, avec un tiroir comme je l'avais spécialement demandé, mais beaucoup trop haute, de telle sorte qu'il m'a fallu en faire scier, puis rescier les pieds, avant de pouvoir m'en servir.

Alors nous avons entrepris la réalisation d'une autre table similaire pour la salle à manger, dont nous avons fêté l'installation par un banquet; puis, encouragé par ces beaux succès, je suis allé jusqu'à faire la commande et le dessin précis d'une petite armoire dont je ne sais si elle a été achevée avant ou après les fêtes de Noël, les dimensions que j'avais données ayant été respectées mais interverties, dans laquelle j'ai pu enfin ranger à l'abri de la poussière mon linge et mes livres que je n'avais pour ainsi dire pas pu sortir de ma cantine depuis mon départ de Paris.

Ainsi ces objets si familiers, ces objets qui n'avaient fait question pour moi en France, auxquels mes gestes étaient si liés, dont je savais bien que l'on pouvait se passer pendant quelque temps, pendant les vacances, lors d'un camp, mais que j'étais absolument sûr de retrouver quelques jours plus tard, lorsque je reviendrais à la vie normale, au travail,

qui étaient une donnée fondamentale de ce monde auquel j'appartenais, qui existaient dans tous les logements sans exception, dont la présence, dont le besoin, étaient absolument la règle,

ici m'apparaissaient comme le résultat d'un long désir, comme un luxe extraordinaire, lié à une classe riche qui, elle, avait le loisir de les faire venir d'Europe ou de les faire imiter interminablement par les artisans d'ici,

comme le résultat de toute une évolution culturelle particulière.

Lorsque je me promenais dans les rues

de villages, je voyais l'intérieur des maisons à peu près vide, sauf le Primus, quelques jarres, une natte et des couvertures;

lorsque je me promenais dans les rues de Minieh, si semblables au premier abord à de tristes rues de villes du midi de la France, je savais qu'à l'intérieur de ces immeubles les pièces avaient un mobilier tout à fait rudimentaire par rapport à celui dont j'avais besoin, dont l'existence était impliquée par mes habitudes et ma façon d'être,

que mes collègues égyptiens, habillés comme moi, et même, je dois le dire, beaucoup plus soigneusement que moi, avaient donc, quand ils rentraient chez eux, des gestes tout différents des miens.

J'en ai connu qui vivaient dans des appartements semblables à celui où j'habitais, avec plusieurs membres de leur famille qui étaient élèves au lycée, avec un seul pupitre pour tous dont ils se servaient à tour de rôle, avec leurs chemises fraîchement lavées disposées en tas dans un coin sur le carreau, recouvertes d'un papier pour les protéger un peu de la poussière, leurs costumes pendus les uns sur les autres à un clou planté dans le mur, comme ceux de Hassan dans la chambre à côté de la mienne.

Comment, dès lors, ne pas s'émerveiller de la table ?

Comment ne pas voir que parler de cet objet si simple c'est poser du même coup toute une civilisation d'un certain type, toute une région de l'histoire, et que l'introduction de tels objets à l'intérieur d'une culture à laquelle ils sont étrangers, ou bien, ce qui revient au même, l'adoption d'une éducation à l'européenne, absolument inévitable à cause de l'évidente supériorité technique de celle-ci, c'est-à-dire d'une éducation qui implique entre autres choses l'existence de ces objets, qui les appelle alors qu'ils ne sont pas encore là, provoque jusque dans les gestes les plus courants une perturbation et un désarroi gigantesques.

En principe, l'enseignement secondaire était obligatoire et gratuit, les livres même, tout le matériel scolaire était fourni par l'Etat, tous les jours on servait un déjeuner gratuit : sandwiches fourrés de Halwa, cette grise friandise huileuse et sableuse de tous les pays de l'Orient méditerranéen, des oranges ou des bananes, d'abord dans les classes mêmes, ce qui produisait un indescriptible désordre, puis dehors,

mais cette obligation restait de pure théorie, et en réalité l'enseignement demeurait réservé à une assez faible partie de la population, parce que, pour être admis dans l'enceinte du lycée, les élèves devaient porter un costume européen, pantalon long, chemise, cravate, veston, chaussettes et chaussures, ce que fort peu de paysans pouvaient s'offrir.

Je me trouvais ainsi devant des classes de quarante à cinquante élèves entre quatorze et vingt ans, dont, non seulement, je ne parvenais pas à retenir les noms, mais pas même, au début, à les répéter ou à les transcrire,

qui avaient tous en principe déjà fait un peu de français, mais qui, pour la plupart, n'en connaissaient pas un seul mot, moi ne connaissant au départ aucun mot d'arabe, ignorant même l'alphabet que j'ai mis longtemps à apprendre et que j'ai oublié depuis.

Ils savaient en général un peu d'anglais,

moi aussi, mais nous le prononcions d'une façon si différente que c'était un moyen de communication très précaire. Nous en étions donc réduits à la méthode directe sous la forme la plus brutale, l'un des seuls moyens d'explication efficaces étant le dessin.

Bientôt, la moitié des élèves, comprenant qu'ils n'apprendraient jamais de français dans de telles conditions, a renoncé décidément, s'installant dans le fond de la salle pour jouer aux cartes tranquillement ou apprendre par cœur les manuels qu'ils avaient au moins la possibilité de lire, tandis que les autres venant près de moi commençaient à faire quelques progrès,

ce à quoi ils avaient d'autant plus de mérite qu'il régnait une agitation et un bruit continuels contre lesquels je n'avais pas le moindre recours, d'abord parce que les autres professeurs, si je leur en parlais, s'étonnaient de mon étonnement, considérant cet état de choses comme parfaitement normal et inévitable, les élèves répondant toujours, sincèrement surpris, qu'aux autres cours ils faisaient toujours comme cela, ce qui était la vérité, et parce que, d'autre part, il n'y avait point de sanctions prévues en dehors du fouet administré par un agent de police qui se promenait toujours dans le corridor, matraque prête à la ceinture, pour venir en aide aux professeurs en détresse, méthode trop contraire à mes habitudes françaises pour que j'aie jamais pu me résoudre à l'employer, mais à laquelle mes collègues, dans leurs moments d'humeur, ne répugnaient pas, de telle sorte que l'on entendait parfois de longs hurlements résignés.

Ainsi, de temps en temps, je voyais deux élèves, fort bons camarades, toujours assis l'un à côté de l'autre, se dresser, les yeux flamboyants, alors que rien n'avait fait présager l'orage, s'empoigner, rouler dans l'allée en se bourrant de coups et déchirant leurs vêtements, sous les regards même pas intéressés des autres, simplement habitués,

puis, au bout de quelques instants, rarement plus d'une minute, se relever, calmés, épousseter leurs vestons, se rasseoir l'un à côté de l'autre comme si rien ne s'était passé, recommencer à suivre sur le même livre, parce que souvent l'un des deux avait oublié ou perdu le sien ;

et j'essayais de me renseigner ensuite auprès d'autres qui me répondaient avec gentillesse, toujours amusés de mes curiosités saugrenues, qu'ils appartenaient à deux villages voisins entre lesquels il y avait depuis très longtemps des querelles dont on ne connaissait plus très bien l'origine, ou, le plus souvent, que l'un était musulman, avec parfois un petit lion tatoué sur l'envers de sa main, et l'autre copte, avec presque toujours une petite croix tatouée sur le poignet, qu'ils étaient fort bons amis, certes, mais qu'ils étaient bien obligés, de temps à autre, de mettre les choses au point, de liquider provisoirement ces différends qui ne leur étaient pas personnels, mais au milieu desquels ils se trouvaient pris.

Le paysage religieux de Minieh était d'une grande complexité :

en face de l'Islam quasi monolithique au point de vue doctrinal et rituel, mais à l'intérieur duquel on trouvait une très grande diversité d'attitudes quant à l'observation des pratiques, très peu les suivant rigoureusement, ou des interdictions, l'usage du vin plus ou moins fréquent, plus ou moins public, étant lié très étroitement à l'appartenance à tel ou tel milieu, tous se retrouvant dans l'obéissance au moins extérieure aux règles du Ramadan,

il y avait une poussière de sectes et d'églises chrétiennes en perpétuelles disputes, les coptes orthodoxes d'abord, assez nombreux et puissants, fiers de leur ancienneté dans la vallée, s'efforçant de rivaliser d'austérité avec les musulmans en ce qui concernait les jeûnes, mais célébrant le jour de Pâques leur indépendance d'esprit par des saouleries éclatantes, avec de superbes cérémonies extrêmement longues et dramatiques dont le canon était toujours dans cette langue copte héritée des anciens égyptiens, le reste traduit en arabe, accompagnées d'admirables chants rauques menés par un musicien toujours aveugle, un enfant aveugle à côté de lui apprenant peu à peu le métier, rythmés de petites cymbales et d'un triangle,

puis les catholiques romains de rite copte, les Grecs orthodoxes, les Grecs ayant toujours conservé depuis Hérodote le quasi-monopole de l'épicerie en Égypte, les catholiques romains de rite grec, les maronites, les catholiques romains de rite romain représentés alors par deux écoles, l'une, élémentaire, pour les garçons, dans le sud de la ville, en pleine décadence, tenue par des jésuites de langue française mais pour la plupart syriens, et qui avaient au moins dans leur bibliothèque une édition complète avec traduction des œuvres de saint Augustin, l'autre, pour les jeunes filles, tenue par des sœurs elles aussi de langue française, mais venant de toutes sortes de pays (il y avait notamment une mexicaine d'une merveilleuse beauté), enseignant que « nos ancêtres les Gaulois avaient les yeux bleus et les cheveux blonds » et qui possédaient elles aussi pour nous un trésor dans leur bibliothèque, le *National Geographical Magazine,*

peut-être une dizaine de sectes protestantes, les unes d'origine anglaise, les autres d'origine américaine, importées en même temps que les machines agricoles,

enfin, bien sûr, des juifs dispersés.

Mais toutes ces religions « officielles » en lutte discrète, notamment les deux principales : Islam et christianisme copte, avec de rares explosions au milieu de la tolérance générale, se trouvaient en communication par tout un tissu de croyances et de pratiques que l'on peut appeler superstitieuses, dont on sentait constamment la présence diffuse, mais sur lesquelles il était souvent difficile d'obtenir des renseignements, nos élèves ou nos collègues craignant chez nous Européens des réactions de moqueries, eux-mêmes ayant à leur égard une attitude de honte, n'y adhérant plus, certes, dans leurs moments de claire conscience, mais en subissant toujours obscurément le prestige, et ne parvenant pas à s'en détacher suffisamment pour pouvoir les considérer avec une objectivité ethnographique,

pratiques et croyances qui, lorsqu'elles se trouvaient en désaccord manifeste avec deux grandes religions, lorsqu'elles étaient interdites et occultes, ayant par conséquent le statut de sorcellerie, étaient naturellement liées pour les fidèles de l'une à la présence de l'autre, si bien que le magicien le plus efficace pour les musulmans était en règle générale d'obédience copte, musulmane pour les chrétiens,

étaient naturellement liées pour tous dans tous les cas aux ruines des monuments anciens, particulièrement scandaleuses pour les musulmans rigoureux, de plus en plus rares, à cause des innombrables figures qui les décorent, vestiges pour tous de ce monde où Joseph avait régné, d'où Moïse s'était enfui.

Ainsi, à la pluralité des religions présentes, ressentie d'ailleurs comme liée à une succession historique, le christianisme copte se considérant comme venant après la religion juive, l'Islam comme venant après les révélations juives et chrétiennes, les sectes protestantes et même le catholicisme romain apparaissant ici comme une nouveauté étroitement attachée à l'invasion européenne, comme un retour du christianisme ayant évolué ailleurs autrement, toutes religions comportant un certain nombre de personnages sacrés communs, ayant en commun une certaine référence à l'Égypte antique,

s'ajoutait donc la présence confusément mais très fortement sentie d'une autre religion plus ancienne, comme un fond noir et dangereux, mais hanté d'étranges lumières, et ceci, non seulement parce qu'il est effectivement possible d'établir qu'il y a une continuité entre des croyances et pratiques anciennes et une bonne partie des superstitions actuelles, mais parce que cette continuité était ressentie comme telle à cause de la persistance des monuments, sinon à Minieh même, du moins dans la région, et du rôle qu'ils jouaient dans la sorcellerie ou du moins avaient joué encore il y a quelques années,

ressentie comme telle notamment dans certaines coutumes tout à fait publiques, par exemple la fête du Cham el Nessim, « l'odeur de la brise », la plus grande fête de l'année parce que c'est la seule qui était célébrée par toute la population sans distinction (il y avait bien quelques anniversaires politiques, mais ils ne donnaient nullement lieu à une telle célébration), la date théorique du début du vent sec et chaud, calculée selon le calendrier musulman copte, le calendrier, me disait un propriétaire des environs de Minieh dont la femme était française, auquel il fallait se référer pour les travaux agricoles, parce qu'il reposait sur celui des anciens Egyptiens qui s'était développé dans la vallée même,

fête à partir de laquelle commençait le printemps (on passait toute la nuit dehors, en habits nouveaux, avec des fleurs et des oignons sur toutes les portes), c'est-à-dire qui correspondait à une transformation complète de l'existence quotidienne à laquelle rien ne m'avait préparé, le jour et la nuit échangeant leurs rôles brusquement, l'après-midi qui deviendrait bientôt torride étant désormais consacré au sommeil, un sommeil affalé sur le matelas qu'il fallait faire sécher le soir au réveil car il était tout imprégné de sueur, la vie commençant au coucher du soleil, les rues vides jusqu'alors s'animant soudain d'une gaieté que l'hiver n'avait pas connue,

et les parfums prenant une importance, un volume, qu'ils ne possèdent jamais en Europe, les odeurs des fleurs ou des fruits, qui faisaient retourner la tête dans la rue comme des appels, les odeurs des bêtes et des hommes, et l'odeur surtout de cadavres qui pénètre tout, qu'ont la terre et l'eau, qui reste attachée à vos vêtements lorsqu'on est passé près d'un cimetière, qu'il soit actuel ou vieux de milliers d'années, odeurs agréables ou déplaisantes, quelquefois tellement enivrantes que je me disais que saint Augustin, s'il avait vécu au printemps dans la haute égypte, n'aurait pas pu, dans le dixième livre des *Confessions*, lorsqu'il énumère les tentations auxquelles il est en butte, et qu'il nous décrit les diverses sortes de concupiscence, nous déclarer si simplement, d'ailleurs avec quelque surprise et méfiance de lui-même, que « la séduction des parfums le laisse assez indifférent ».

A partir de ce moment-là, l'école aussi a changé d'aspect, l'enseignement a commencé à se désintégrer devant ce violent rajeunissement de toutes choses, les élèves venant de plus en plus rarement, les derniers fidèles sortant de leurs poches, en arrivant, des poignées de petites roses qu'ils avaient cueillies en chemin, si bien qu'à la fin nous n'allions plus au lycée que pour constater que les classes étaient vides ;

et s'ils ne venaient plus ce n'était pas seulement à cause de l'envie de dormir ou de se promener, c'était surtout à cause de la terreur des examens qui approchaient pour lesquels les plus riches d'entre eux n'auraient pourtant pas dû avoir beaucoup d'inquiétude, parce que tout en Égypte à ce moment-là sans aucune exception s'achetait, et qu'ils préparaient fiévreusement en petits groupes, apprenant par cœur leurs manuels d'un bout à l'autre, les répétant assis en cercle la nuit dans les rues autour de chaque réverbère, parce que beaucoup d'entre eux n'avaient pas chez eux l'électricité, et se confectionnant avec un soin merveilleux des aide-mémoires, des « aspirines » comme ils disaient, carrés de papier blanc tenant dans la paume couverts en fines lignes très serrées de cette admirable écriture qui réduite à ses éléments principaux constitue sa propre sténographie.

Pour les aider à ce considérable travail d'enregistrement — et il faut bien comprendre que s'ils étaient ainsi réduits à cet enregistrement littéral ce n'était pas seulement par une survivance des habitudes de l'enseignement coranique dans lequel le texte sacré joue un rôle beaucoup plus important que la Bible dans les religions chrétiennes, n'étant pas seulement inspirée par Dieu, étant sa parole même éternelle de telle sorte que la récitation devient l'acte religieux par excellence,

mais c'était aussi parce que ces connaissances qu'on leur demandait d'acquérir et qu'ils désiraient tellement acquérir parce qu'elles étaient évidemment la clé de la puissance, formaient la plupart du temps dans leur esprit des îlots extrêmement circonscrits, pour ainsi dire sans communication avec leur expérience personnelle,

(pour prendre un exemple extrême, je me souviens d'avoir interrogé des élèves dans une ville du Sud, pour le baccalauréat égyptien qui comportait tout un programme, imité du nôtre, de géographie, de physique, etc., sur un passage du livre de français qui me semblait des plus simples, où il était question d'un train, et d'avoir constaté qu'ils n'en avaient jamais vu parce qu'ils venaient d'un collège situé dans une petite ville de l'autre côté du fleuve et qu'ils avaient traversé celui-ci pour la première fois à l'occasion de leur examen,)

dans leur esprit et dans celui du plus

grand nombre de leurs professeurs et examinateurs de telle sorte qu'il aurait été vain pour eux de poser des questions annexes, ou de demander des détails supplémentaires, ils n'auraient rencontré, ils le savaient bien, il y en avait toujours quelques-uns pour essayer, qu'un aveu d'ignorance naturellement accompagné d'un accès de mauvaise humeur,

des îlots qui pulvérisaient autour d'eux des habitudes de pensée, comme les machines, les meubles, les vêtements importés d'Europe, tous ces insignes de puissance, pulvérisaient autour d'eux les habitudes anciennes, mais sans que pût s'instaurer pour autant dans le pays entier cette « vie à l'européenne » pour laquelle étaient faits ces objets,

ébranlaient peu à peu toutes les croyances, mais sans pouvoir les effacer ou les remplacer, les laissant démunis, dans une espèce de vide mental chaotique avec, chez certains de mes collègues, un terrible sentiment de frustration, qui ne pouvait trouver d'issue que dans l'espoir encore très lointain qu'un jour il serait possible d'arracher à l'Europe la totalité de ses mystères et qu'alors on pourrait s'en venger et la battre sur son propre terrain,

des îlots qui restaient séparés les uns des autres, et qui flottaient en quelque sorte, trop évidemment incomplets, lacunaires, sans réussir à s'organiser de façon stable et cohérente par rapport à ce qu'ils voyaient, par rapport à ce monde croulant dont ils venaient, parmi les débris duquel ils vivaient —

donc, pour les aider dans ce considérable travail, pour mieux fixer leur attention sur ces mots et ces phrases souvent si peu intelligibles, beaucoup se droguaient au haschisch, le mélangeant à des cigarettes pour le fumer, dont l'usage était officiellement interdit de telle sorte que le moyen le plus sûr d'en obtenir sans risque était de s'adresser aux agents de police, la prohibition aboutissant ainsi dans la pratique à un monopole de l'État,

au haschisch dont l'usage extrêmement répandu, en dehors de ces applications scolaires, jouait de toute évidence un rôle important dans l'équilibre de la mentalité égyptienne, non seulement parce qu'il était un peu moins manifestement interdit que celui de l'alcool dans les prescriptions coraniques, mais surtout parce que son ivresse froide, qui laisse complètement fermée l'écluse des rêves, permettait à la conscience désorientée un merveilleux repos, lui masquait sa propre dévastation par une sorte d'évasion à l'intérieur, par l'heureuse contemplation, dans l'instant, des objets, de ce paysage, de cet arrangement de la réalité qui, lorsqu'on revenait, dégrisé, aux travaux quotidiens, apparaissait si inexplicablement fissuré, branlant, bizarrement étranger et obscur çà et là,

ce que l'on regarde alors, dans la griserie, s'isolant, vous emplissant, repoussant dans l'ombre tous ses rapports avec le reste.

Je ne puis, certes, me targuer d'une grande expérience du haschisch, car j'éprouvais à son égard, au début, beaucoup de méfiance, craignant évidemment d'y prendre goût (c'était un sujet qui tenait beaucoup de place dans nos conversations, et nous avons soigneusement interrogé à ce moment-là, mes camarades et moi, les passages qui le concernent dans *les Paradis artificiels*), et je n'en ai ressenti pleinement les effets qu'une seule fois, une nuit, au printemps, au retour d'une visite que nous avions faite à l'oncle d'un de nos élèves, longues heures passées dans un verger sans rien faire, presque sans rien dire, à goûter des petits fruits curieusement acides, et à regarder les branches des arbres ou les palmes se balancer, une voile passer de l'autre côté du mur.

C'était chez les parents d'un autre élève qui habitaient à mi-chemin, plus ou moins cousin du premier avec qui il s'était entendu pour nous préparer cette petite réception, dans une cour minuscule, en contrebas de la route, éclairée par une lampe à pétrole, entourée de bancs, je crois (certains détails de cette scène me sont demeurés présents avec une merveilleuse netteté, d'autres qui seraient nécessaires pourtant pour faire comprendre comment tout cela était disposé ont complètement disparu dans le vague, ils ont définitivement sombré dans ce vague dans lequel ils étaient déjà relégués cette nuit-là à partir du moment où l'intoxication a commencé), avec un peu de braise rougeoyant dans un plat de terre, avec l'un des élèves debout en robe grise, de profil, resplendissant dans sa fierté d'hôte, avec les visages des femmes apparaissant furtivement dans une porte, souriantes, intriguées, effarouchées, ramenant leur voile noir sur leur visage, avec un agent de police son tarbouch rouge sur la tête,

et les prodigieuses étoiles au-dessus, et le souffle de l'air, le bruissement des feuilles, cette espèce de respiration de l'eau et des dormeurs, hommes et animaux, que l'on entendait, et cette fumée à l'odeur d'eucalyptus que nous buvions avec avidité au tuyau de roseau de la chibbouk, cette grande pipe à filtre d'eau, qui passait de bouche en bouche, et les sucreries que l'on offre toujours en ces cas-là;

alors, oui, je l'ai ressentie cette exaltation, mes yeux se sont gonflés, et sur mon visage s'est dessiné ce sourire figé que l'on reconnaît si bien, alors tout ce que je voyais me comblait de sa beauté;

et, certes, je comprends que lorsqu'on se souvient du plaisir que faisaient éprouver ainsi dans leur glorieux détachement ces

ÉGYPTE

mêmes objets et visages qui, lorsque vous les considérez maintenant au milieu de vos difficultés, de votre perdition mentale, ne parviennent plus à vous en délivrer, on ait l'impression qu'un voile s'interpose entre eux et vous, que dissipe le chanvre indien, et qu'ait pu prendre corps une légende comme celle du *Paradis des assassins*,

mais en ce qui me concerne je sais bien que dès que ces effets ont commencé à s'atténuer, ce qui m'a immédiatement envahi c'est un sentiment de mécontentement et de frustration, parce que, cette beauté, cette émotion, j'aurais dû être capable de la ressentir même sans le pouvoir de cette herbe,

(je me trouvais au milieu de la vallée nocturne, nous rentrions à pieds vers Minieh), mais il m'était impossible d'évaluer jusqu'à quel point,

parce que cette beauté, par conséquent, bien loin de m'être donnée comme j'en avais eu l'illusion, tout d'un coup m'était refusée, alors que j'aurais pu l'atteindre,

parce que, ces quelques heures, malgré leur radiance qui persiste jusqu'à aujourd'hui, j'étais obligé de les assigner d'un

indice de doute, comme on dénonce d'un
obel le passage incertain d'un texte.

Quant aux élèves, car les professeurs,
eux, n'avaient pas les moyens de se pro-
curer souvent ces petits cubes brun ver-
dâtre, il est clair qu'à partir du moment
où ils se rendaient compte si confusément
que ce fût du rôle que se mettait à jouer
pour eux leur utilisation habituelle, non
plus innocente stimulation du plaisir d'être
en société, mais fragmentation plus grande
encore de ces connaissances qu'ils désiraient acquérir, accentuation du désordre
mental qu'ils subissaient,

il est clair qu'ils devenaient honteux de
ce soulagement stérile, que les plaisirs
mêmes qu'il leur procurait pourrissaient,

parce que, dans l'ombre, autour des objets
lumineux, continuaient à lorgner le men-
songe et la vanité,

que, par conséquent, le ressentiment
sourd contre l'Europe s'aggravait, l'envie,
le malaise, le besoin douloureux et muet
d'une réorganisation de toute la figure du
monde, tenant compte naturellement de
tout ce que l'Europe apportait, mais ne
pouvant nullement se réduire à une adop-

tion pure et simple de cet apport tel qu'il apparaissait.

*
* *

Cette insidieuse étrangeté, cette sournoise dissolution, dans laquelle je me sentais menacé d'asphyxie et d'hébétude, tout risquant de devenir drogue et prétexte à somnolence, prétexte à éluder tout ce malheur si visible, au début, je m'en échappais le plus souvent possible, fuyant l'école à chaque week-end, fuyant l'école le jeudi à midi dès la sonnerie, parce que c'était le vendredi qui nous tenait lieu de dimanche, attrapant le train de justesse pour respirer au Caire un peu d'air d'Occident plus frais,

pour en retrouver une image un peu moins caricaturale, un peu moins grêle, un peu moins disloquée que celle dont je voyais les ravages à Minieh,

afin que la redoutable perturbation qu'apportait notre seule présence, nos gestes, nos étonnements, nos questions, nos explications, fût aussi « juste » que possible, me précipitant dans des cinémas pour y voir des films que vraisemblablement je ne serais pas allé regarder à Paris, mais qui constituaient pourtant une approximation,

hantant les librairies et les bibliothèques de prêt, jouissant de la présence des boutiques, des affiches, et des tramways.

Mais bientôt, comme je commençais à m'approcher de l'Égypte, à voir enfin ce paysage dans sa différence, les visages qui m'entouraient dans leur splendeur et leur malheur,

comme devenait de plus en plus vif le sentiment de mon involontaire culpabilité dans cette nuit, dans cette perdition que je percevais de mieux en mieux dans ces regards à la fois confiants et envieux qui m'observaient et m'interrogeaient, de mon péché originel, en quelque sorte, en tant qu'européen,

comme je commençais à devenir Égyptien moi-même, suffisamment imprégné de ces discordances pour me trouver moi aussi devant l'impérieuse nécessité de les atténuer, d'introduire un peu d'ordre et de clarté dans la confusion menaçante, de connaître un peu mieux ce terrain sur lequel s'opérait la dévastation à laquelle je participais moi-même inéluctablement,

la nécessité, par conséquent, d'en situer correctement les uns par rapport aux autres les éléments dissociés dont je n'apercevais à Minieh que les lambeaux,

bientôt, ce n'a plus été seulement un retour en Europe que je suis allé chercher au Caire, mais l'admirable analyse que cette ville constitue des différents éléments en présence à l'intérieur de la vie et de la mentalité égyptiennes, l'admirable exposition qu'elle réalise des civilisations successives auxquelles se rattachent ces éléments.

Car s'il est certes tout à fait faux que le Caire soit, comme dit Nerval, « la seule ville orientale où l'on puisse retrouver les couches bien distinctes de plusieurs âges historiques », il est certain que cette « distinction » y est plus claire que dans les autres (bien plus claire d'ailleurs aujourd'hui qu'au temps de son voyage), et ceci comme il l'a fort bien ressenti à cause du caractère durable de ses monuments, de cette hantise de persistance qui a possédé ses princes :

« les mosquées, à elles seules, raconteraient l'histoire entière de l'Égypte musulmane, car chaque prince en a fait bâtir au moins une, voulant transmettre à jamais le souvenir de son époque et de sa gloire; c'est Amrou, c'est Hakem, c'est Touloun, Saladin, Bibars ou Barkouk, dont les noms se conservent ainsi dans la mémoire de ce peuple. »

C'est à cause de cette durabilité de ses bâtiments, qui rend le Caire tellement unique parmi les villes de l'Égypte musulmane, toutes vouées jusqu'à l'arrivée du béton à l'effritement de leurs briques de terre sèche, qu'est due cette si nette juxtaposition de ses quartiers différents, qui fait que traverser certaines rues, c'est passer d'un temps à un autre, d'un monde mental à un autre.

Ainsi, le long du magnifique Nil avec ses îles et leurs jardins, tout proche de sa bifurcation en delta, il y a les quartiers riches à l'européenne, avec leurs avenues toutes droites bordées de buildings en ciment armé, avec une fièvre de construction partout qui s'est certainement encore accrue depuis que j'ai quitté l'Égypte, de telle sorte que l'aspect des places principales a dû considérablement changer,

avec les cinémas et leurs enseignes lumineuses, leurs immenses pancartes peinturlurées, les vitrines à la parisienne, les salons de thé à l'anglaise, les restaurants pour les touristes, les agences de voyage, les palaces au décor « pharaonique » ou « mille et une nuits » mais toujours inspiré en fait de piètres dégradations occidentales des œuvres d'art de ces deux univers pourtant si proches en nombre de pas, si faciles à consulter, ce Shepheard's Hotel par exemple dont j'ai appris l'incendie depuis, je l'avoue, sans déplaisir,

avec les tramways, les taxis, presque tous alors des chevrolet bleu sombre presque noir, avec les haut-parleurs hurlant des adaptations arabes de chansons américaines,

et certaines régions plus tranquilles, plantées d'arbres, aux rues doucement sinueuses, avec des villas, les hôtels particuliers des ambassades,

de temps en temps des milans tournoyant au-dessus des carrefours, et dans une échappée, se rappelant à vous comme par un coup de gong, la falaise éblouissante du moqattam au travers de la poussière.

Au nord de cette zone que ses habitants, Européens ou riches Égyptiens européanisés ne quittaient pour ainsi dire jamais sauf pour se rendre dans les élégants faubourgs du même type, Héliopolis ou Hélouan,

de l'autre côté de la gare, se perdant peu à peu dans l'étalement de la basse Égypte, s'étend Choubrah, l'Aubervilliers du Caire, dans lequel il ne reste certes plus rien des roseraies, des allées, et du pavillon qui ravissaient Nerval,

énorme noir faubourg grouillant, sans plus rien du fastueux tapage de cette capitale élégante et paresseuse que l'on vient de quitter, mais le grondement, la monotonie revêche et désespérante des banlieues pauvrement industrialisées, avec les fumées l'odeur de l'essence et des lessives, les flaques, les vitres brisées, les chats affamés, aux museaux allongés comme dans les statues antiques, que nul n'aurait osé détruire.

Puis, parallèlement au Nil, à la falaise, et à toute cette première ville récente, à cette ville du premier abord, déjà si divisée

ÉGYPTE

avec ses parties si brillantes et les autres si misérables,

percé de quelques avenues droites pour faciliter la circulation, sinon tout en ruelles où les automobiles ne peuvent pas passer, commençant presque aussi brusquement que le désert avec quelque chose de menaçant, encore entouré d'une partie de ses vieux remparts avec trois magnifiques portes,

règne le Caire médiéval, celui qu'ont vu Lane et Nerval dans sa splendeur déjà délabrée, celui dans lequel les touristes, fussent-ils cairotes, n'osaient s'aventurer que rarement et en groupes parce qu'il y avait chez les habitants de ces quartiers-là une terrible méfiance de l'étranger profanateur et futile,

à tel point que si nous avons pu, à la fin de mon séjour, nous y promener en toute confiance et tranquillité, entrant dans les mosquées sans payer de tickets, y demeurant autant que nous le désirions, c'est parce qu'elles étaient devenues pour nous véritablement objet de pèlerinage, c'est que nos quelques mois à Minieh nous avaient déjà fait rentrer dans le paysage, que notre façon de marcher et de regarder s'accordait à celle d'autrui, c'est que, pour ces gardiens, pour ces marchands, pour ces passants, si nous n'avions certes pas l'air d'être des Égyptiens, nous ne correspondions plus du tout au type de l'Européen qu'ils haïssaient, et qu'ils nous demandaient, s'amusant de notre ignorance en arabe, si nous étions turcs ou persans.

Car le ressentiment contre l'Europe se concentrait à l'ombre et sous la protection de ces innombrables mosquées, presque toutes hélas fissurées, à demi abandonnées, nécessitant d'énormes travaux de réparations, avec leur architecture si noble et si rigoureuse, leur superbe sévérité s'enrichissant en certains points des plus fantasques développements, avec l'exaltante géométrie de leurs inscriptions coufiques, tout cela dans un si merveilleux accord avec certaines des tendances et des besoins les plus urgents de l'architecture moderne que leur étude, que leur fréquentation aurait pu prodigieusement féconder l'imagination des architectes égyptiens actuels si seulement ils avaient pu les regarder avec d'autres yeux

ÉGYPTE

(car, dès le moment où ils devenaient architectes, devant de toute nécessité apprendre les nouvelles techniques de construction venues d'Europe, ils se mettaient à vivre dans l'autre partie de la ville, à appartenir à cette autre partie de la ville, perdant leur communication normale avec celle-ci, cessant d'y aller, n'arrivant pas à lui assigner de place convenable au milieu de ce qu'on leur avait enseigné, évitant les perturbations qu'aurait provoquées un retour),

ces sublimes cubes ou coupoles de calme au milieu des bazars, et, comme en Égypte l'Islam apparaît particulièrement comme révélation venue du désert, le Coran une immense voix roulant sur le désert, exquis équivalents frais du désert et de son silence en pleine concentration de vallée, lieux de l'attention et de l'écoute, lieux conçus comme résonateurs de la pure récitation.

Au sud, à l'intérieur d'autres murs plus anciens encore dont les tours rondes romaines ont servi de modèles à celle de l'enceinte médiévale, se resserrent les églises et les couvents coptes liés au souvenir des ermites et de leurs tentations.

Enfin, de l'autre côté du Nil, à Gizeh, apparaissent, premières notes de cette longue inépuisable mélodie qui se poursuit pour le voyageur descendant en train vers le sud, jusqu'à l'embranchement du Fayoum, les trois pyramides jusqu'au pied desquelles mène le tramway, ces trois immenses irrécusables monuments qui, lorsque l'on commence à s'en approcher, perdent la rectitude de leurs lignes, se mettent à ressembler à de très gros tas de cailloux dont on est incapable d'apprécier l'ampleur et la distance, si bien que l'on se croit déjà arrivé alors qu'il reste encore un assez long chemin à parcourir,

de cailloux qui augmentent individuellement de volume à mesure que l'on marche, prenant des proportions que l'on n'aurait pas soupçonnées, de telle sorte qu'il vient un moment où on se demande jusqu'à quand va continuer cette croissance formidable,

l'ensemble perdant alors sa forme si bien connue, la face qui vous regarde occupant tout l'horizon, ses trois pointes faisant fuir le regard en de vertigineuses perspectives lorsque votre main touche enfin la pierre,

ÉGYPTE

cette prodigieuse réponse des pharaons à l'humiliation du désert (« Ils se vantaient, dit Bossuet, d'être les seuls qui avaient fait comme les dieux des ouvrages immortels »), constante humiliation durant tout le Moyen Age pour ces sultans qui se considéraient comme porteurs de la parole même roulant sur le désert, scandale permanent par leur masse rendant inexplicable à ceux qui les considéraient le processus de leur construction, exigeant le recours à des pouvoirs magiques, à l'intervention des démons, comme les autres monuments antiques étaient scandale permanent à cause de leurs innombrables figures, l'écriture même, indéchiffrable, grouillant d'animaux et de personnages,

de telle sorte que, si de nombreuses mosquées du Caire sont construites avec des blocs de calcaire ou de granit qui proviennent des pyramides, ce n'est pas du tout seulement, comme on a l'habitude de le faire entendre, pour une raison de facilité, mais par une nécessité très directement religieuse.

Il s'agissait d'essayer de bien affirmer sa victoire sur ce passé prestigieux, d'essayer de se délivrer de cette puissance que l'on était bien obligé de reconnaître et de subir, ce qui s'exprime admirablement dans le fait que la pierre du seuil du très beau et très sévère Khanqah du sultan Beïbars est une pierre antique gravée aux cartouches de Ramsès X, inscription bien visible que l'on foule donc, que l'on anathémise, chaque fois que l'on entre avant d'enlever ses chaussures.

Edward William Lane, l'auteur de ce livre si admirable, dont Nerval s'est abondamment servi, sur les mœurs des Égyptiens au début du xixe siècle, livre qui est encore l'un des meilleurs instruments dont puisse s'aider l'explorateur de la vie égyptienne actuelle, nous déclare au début de son premier chapitre sur les superstitions :

« La croyance courante est que la terre était habitée avant le temps d'Adam par une race d'êtres différents de nous quant à leur forme, et bien plus puissants; et que quarante (ou, selon certains, soixante-douze) rois préadamites, portant tous le nom de Suleyman (ou Salomon), ont successivement gouverné ce peuple. Le dernier de ces Suleymans s'appelait Gann Ibn-Gann; et c'est de lui, pensent certains que les ginns (qui sont aussi appelés « ganns ») dérivent leurs noms. Il en résulte que certains pensent que les ginns ne font qu'un avec cette race préadamite; mais d'autres déclarent qu'ils formaient une classe distincte réduite en esclavage par cette autre race. »

Et plus loin :

« Le peuple de l'Égypte croit communément que les anciennes tombes et les recoins sombres des temples sont habités par des afrits (c'est-à-dire des ginns). Il m'a été impossible d'obtenir d'un de mes serviteurs qu'il entre avec moi dans la grande Pyramide, à cause de cette idée. De nombreux arabes attribuent l'érection des Pyramides, et de tous les prodigieux vestiges de l'antiquité en Égypte, à Gann Ibn-Gann, et à ses serviteurs, les ginns; estimant impossible que cela soit l'œuvre de mains humaines. »

On se souvient du passage du *Voyage en Orient*, dans lequel Nerval nous raconte la conversation qu'il eut, prétend-il, au cours d'une promenade dans l'île de Rodah avec un vieux cheik auquel il avait demandé ce qu'il pensait des Pyramides qui venaient d'apparaître à sa vue :

« Quelques auteurs pensent que les Pyramides ont été bâties par le roi préadamite Gian-ben-Gian ; mais, à en croire une tradition bien plus répandue chez nous, il existait, trois cents ans avant le déluge, un roi nommé Saurid, fils de Salahoc, qui songea une nuit que tout se renversait sur la terre, les hommes tombant sur leur visage... »

Or, tout ce passage est d'autant plus intéressant ici, puisqu'il s'agit de préciser un peu de quelle façon les Pyramides étaient vues par le Caire musulman dans sa grande époque, vision qui subsiste toujours mais considérablement recouverte par de nouveaux éléments,

que cette conversation n'a jamais eu lieu telle que la rapporte Nerval, et que les interlocuteurs sont en réalité séparés par plusieurs siècles, puisque les paroles mises dans la bouche du vieux cheik sont en réalité, comme l'a découvert Jean Richer, une transcription presque littérale d'un manuscrit arabe traduit par

ÉGYPTE

Pierre Vattier en 1666 sous le titre : *l'Égypte de Murtadi, fils du Gaphiphe*, où il est traité des Pyramides, du débordement du Nil et des autres merveilles de cette province selon les opinions et traditions des Arabes, que je vais citer maintenant dans son texte français originel parce qu'il est évidemment plus caractéristique et plus éclairant pour nous que son adaptation :

« Alors, il commanda que l'on bâtît les Pyramides, afin qu'ils y pussent transporter et resserrer ce qu'ils avaient de plus cher dans leurs trésors, avec les corps de leurs rois et leurs richesses...

« Le garde de la Pyramide orientale était une idole d'écaille jamanique noire et blanche qui avait les deux yeux ouverts et assise sur un trône, ayant auprès d'elle comme une hallebarde, sur laquelle quand quelqu'un jetait sa vue, il entendait de ce côté-là un bruit épouvantable qui lui faisait presque faillir le cœur et celui qui avait entendu ce bruit en mourait. »

« La garde de la Pyramide occidentale était une idole de pierre dure rouge tenant en sa main pareillement comme une hallebarde et ayant sur sa tête un serpent entortillé, lequel serpent se jetait sur ceux qui en approchaient... »

« Pour garde de la troisième Pyramide, il y avait une petite idole de pierre de bahe posée sur une base de même, laquelle idole attirait à soi ceux qui la regardaient et s'attachait à eux sans les quitter qu'elle ne les eût fait périr ou qu'elle ne leur eût fait perdre l'esprit. »

Il détaille ainsi les fantômes contemporains qui les hantent :

« L'on dit que l'esprit de la Pyramide méridionale ne paraît jamais dehors qu'en forme d'une femme nue dont les parties honteuses mêmes sont découvertes, belle au reste... Quand elle veut donner de l'amour à quelqu'un et lui faire perdre l'esprit, elle lui rit et incontinent il s'approche d'elle et elle l'attire à elle et l'affole d'amour de sorte qu'il perd l'esprit sur l'heure et court vagabond par le pays. Plusieurs personnes l'ont vu tournoyer autour de la Pyramide sur le midi et environ soleil couchant. »

« L'esprit de la seconde Pyramide qui est la colorée, est un vieillard nubien qui porte un panier sur sa tête et en ses mains un encensoir, etc. »

Et c'est encore au Murtadi et aux quelques autres historiens arabes dont il a pu consulter les traductions que Nerval emprunte les détails concernant l'ouverture de la grande Pyramide et son exploration par le calife Al-Mamoûn de la dynastie des Abassides :

« Leurs chroniques rapportent qu'on trouva dans la salle dite du Roi une statue d'homme de pierre noire et une statue de femme de pierre blanche debout sur une table, l'un tenant une lance et l'autre un arc. Au milieu de la table était un vase hermétiquement fermé qui, lorsqu'on l'ouvrit se trouva plein de sang encore frais. Il y avait aussi un coq d'or rouge émaillé d'hyacinthes qui fit un cri et qui battit des ailes lorsqu'on entra ».

Dans cet ensemble de légendes que d'autres, ayant accès aux textes originaux, pourraient certes étudier bien mieux que moi, il n'est pas étonnant que presque tous les détails puissent être rapportés avec précision à ce que nous connaissons aujourd'hui des tombes royales égyptiennes antiques depuis que celle de Toutankhamon nous a révélé ses gardes noirs, ses femmes blanches, ses meubles, sa vaisselle, ses milans et ses vautours d'or émaillé

(chez le Murtadi, la découverte du coq d'or que Nerval, malgré tout son désir de crédulité, trouve un peu trop « mille et une nuits », est racontée d'une façon un peu plus circonstanciée et qui permet fort bien de se représenter comment ses aspects fantastiques ont pu se développer tout naturellement à partir de la découverte de quelque trésor dans les profondeurs d'une tombe, pourquoi pas de la Pyramide elle-même qui, si elle avait été spoliée dès l'Antiquité, a fort bien pu à une époque relativement tardive servir à nouveau de cachette :

« ...ils trouvèrent une place carrée comme un lieu d'assemblée où il y avait plusieurs statues et entre autres la figure d'un coq faite d'or rouge. Cette figure était effroyable, émaillée de jacinthes, dont il y en avait deux grosses aux deux yeux qui luisaient comme deux gros flambeaux. Ils s'en approchèrent et incontinent il fit un cri épouvantable et commença à battre de ses deux ailes et en même temps ils ouïrent plusieurs voix qui leur venaient de tous côtés »), cela n'est pas étonnant à cause de l'existence nécessaire d'une tradition de récits attachée à ces monuments persistants, de récits devenant de plus en plus légendaires à mesure que la relation entre leurs divers éléments est moins comprise, se transformant selon les interprétations nouvelles, mais conservant un certain nombre d'images fondamentales ravivées, consolidées par les découvertes ici et là d'objets anciens les corroborant.

Il n'est nullement étonnant que ces idoles et ces fantômes aient les visages mêmes de ces statues ou ces figures en bas-relief si troublantes et si nombreuses,

et l'on voit quel prodigieux arrière-fond, souvent expressément considéré comme surhumain, tout cela donnait au personnage de Pharaon, l'interlocuteur de Moïse, et à la magie qui l'entoure dans les passages du Coran où il apparaît,

proclamant dans le chapitre XLIII : «O mon peuple! Ce royaume d'Égypte n'est-il pas mien? Et ces rivières qui coulent au-dessous de moi? Quoi! Ne pouvez-vous pas voir? Ne suis-je pas supérieur à ce personnage méprisable qui peut à peine s'exprimer ? », déclarant dans le chapitre LXXIX : « Je suis votre Seigneur le Très-Haut »,

quel éclairage tout cela donnait à cet orgueil, quelle explication, une explication qui serait devenue vraiment trop bonne, en contradiction avec le texte sacré, si l'on avait fait de lui directement le constructeur des Pyramides, si l'on avait identifié à l'une d'entre elles cette tour dont le Coran lui donne le projet :

« O vous, les chefs ! Je ne connais point d'autres dieux pour vous en dehors de moi ; donc fais cuire de l'argile, ô Hâmân, et édifie-moi une tour, pour que je puisse monter jusqu'à ce prétendu Dieu de Moïse ; car, en vérité, je pense qu'il est de ceux qui mentent ! »,

et c'est pourquoi il était considéré seulement, conformément à la vérité historique, comme l'héritier lointain de leurs constructeurs, ce qui introduisait déjà dans cette référence obscure et quasi tremblante à l'Antiquité, un grand décalage interne, l'idée d'une grande distance entre certains de ses moments, l'idée par conséquent d'une durée historique beaucoup plus longue

ÉGYPTE

que celle jalonnée par ces trois grands repères énumérée dans le Coran, les trois points d'origine des trois religions actuellement en présence, Moïse, Jésus, Mohammed, d'où la notion d'« antérieur au déluge », ou d'« antérieur à Adam », ce qui joue exactement le même rôle.

Ainsi l'utilisation comme carrière de ces monuments antiques si terriblement là, si terriblement proches (et c'est là l'immense différence entre l'Égypte et d'autres pays du Moyen-Orient dans lesquels les vestiges de la haute Antiquité complètement recouverts par le sable, qui ne sont revenus au jour qu'à la suite de fouilles, n'ont point troublé directement le Moyen Age musulman),

le réemploi de ces pierres est une réponse à leur puissance superstitieuse, à la persistance, maudite pour le conquérant, d'habitudes et de croyances qui y sont liées;

mais le résultat de cette réponse dans la mesure où la destruction du monument ancien demeure insignifiante, ne change presque rien à son impressionnante masse, dans la mesure où la présence de ces pierres anciennes dans les monuments nouveaux demeure connue, par ce que leur matière, le granit d'Assouan, par exemple, peut avoir d'exotique, bien loin d'effacer cette puissance et cette persistance, la conserve, la stabilise, et l'accentue.

De plus, comme c'est seulement lorsque l'attitude ancienne est évidemment contraire aux prescriptions nouvelles qu'elle prend ce statut de sorcellerie, et que d'autres de ses aspects vont s'intégrer tout naturellement à l'enseignement du conquérant, à son mode de vie, vont lui lui donner peu à peu, subtilement, sans heurts, une physionomie tout originale par rapport à ce qu'il était auparavant ou à ce qu'il est devenu dans d'autres paysages sur d'autres terrains moins encombrés, moins riches,

vont le teindre jusque dans ses manifestations les plus officielles,

l'utilisation de ces carrières artificielles est comme le corollaire matériel de cette contamination, et donc la configuration même du Caire musulman, sa différence de structure par rapport à d'autres grandes villes de l'Islam, illustre les particularités de l'Islam égyptien, les caractéristiques singulières du sol historique et géographique sur lequel il s'est développé,

ce qui se manifeste avec grande clarté dans ce trait de la ville du Caire dont je n'ai pas encore parlé, à savoir l'étendue et la magnificence de ses nécropoles,

point du tout comme à Istamboul, par exemple, steppes de stèles serrées à l'ombre d'un sanctuaire ou se déployant sur les collines environnantes comme agitées par le vent, mais quartiers des morts à peu près semblables à ceux des vivants, avec une superficie à peu près égale, seulement plus délabrés encore, avec leurs rues et leurs places, avec leurs mosquées funéraires, les tombeaux des sultans, aussi somptueuses, aussi élevées que ces autres mosquées de l'intérieur qui souvent comportent elles aussi des tombeaux,

incluant çà et là, aux principaux carrefours, de véritables petits villages de boutiques parmi les mausolées, pour accueillir les habitants des autres rues, des autres places, à cause de l'ampleur et de la fréquence des cérémonies funéraires, non seulement des enterrements mais de ces longues visites chez les morts à l'occasion de certaines fêtes, pendant lesquelles on vient manger, bavarder, dormir auprès des tombes,

qui pour les riches autrefois comportaient une véritable chambre souterraine afin que « la ou les personnes », comme dit Lane, « qui y étaient ensevelies pussent s'asseoir à leur aise lorsque viendraient leur rendre visite et les examiner les deux anges Munkar et Nekir »,

jugement particulier en vue duquel un « instructeur des morts » le haranguait au moment de la fermeture (de même que dans les tombes antiques le cadavre était, si possible, muni de passages du *Livre des Morts*, de cette fameuse confession négative qui devait l'aider à franchir victorieusement l'épreuve), lui déclarant (je cite toujours Lane) :

« O serviteur de Dieu, ô fils d'une servante de Dieu, sache que maintenant vont descendre vers toi deux anges chargés de toi et de tes semblables : quand ils te diront : « Qui est ton Seigneur ? » réponds-leur : « Dieu est mon Seigneur », en vérité ; et quand ils t'interrogeront sur ton Prophète ou sur l'homme qui vous a été envoyé, dis-leur : « Mohammed est « l'apôtre de Dieu », en vérité; et quand ils t'interrogeront sur ta religion, dis-leur : « L'Islam est ma religion »; et quand ils t'interrogeront sur ton livre de direction, dis-leur : « le Coran est mon livre de direction, et les musulmans sont mes frères »; et quand ils t'interrogeront sur la Qibleh, dis-leur : « La Kaabeh est ma Qibleh; et j'ai vécu et je suis mort en affirmant qu'il n'y a pas d'autre dieu que Dieu et que Mohammed est l'apôtre de Dieu »; et ils te diront : « Dors, ô serviteur de « Dieu, dans la protection de Dieu. »

Cette attention portée à la mort, cette familiarité avec le cadavre, dont l'odeur les jours les plus chauds imprègne tout dans la vallée, cette conscience constante du caractère transitoire de l'individu, si différente de cette espèce d'oubli vis-à-vis de cette condition qu'il y a maintenant dans la plupart des pays de l'Europe occidentale, de telle sorte que, lorsque quelqu'un meurt, cet événement apparaît toujours comme quelque chose d'imprévu, que nous ne savons pas comment nous tenir, comment parler, comment

nous débarrasser de ce corps scandaleux,
 cette énorme importance accordée à la tombe est liée très étroitement à la structure du paysage de la vallée, à cette humiliation si claire de l'humain transitoire et de son domaine par un monde autre permanent, et il est par conséquent nécessaire que dans sa réponse à une telle situation toute civilisation venue d'ailleurs, venue d'une région dans laquelle la question du cadavre se posait avec beaucoup moins de violence, de telle sorte qu'il était possible de l'occulter, de la négliger plus ou moins, adopte les solutions, les coutumes de celles qui l'y ont précédée.

La civilisation de l'Égypte musulmane était donc faite d'un équilibre entre des éléments d'âge et de provenance fort distincts ; or, ce que produit la présence européenne, ce n'est pas seulement, autour de certains objets, de certaines personnes, de certains enseignements nouveaux, la destruction des habitudes anciennes dont l'ensemble formait un mode de vie et de pensée cohérent qu'elle ne parvient pas à remplacer de façon satisfaisante,
 c'est aussi la dissociation de ces éléments

autrefois équilibrés de telle sorte que la constitution, l'invention d'un équilibre nouveau devient un problème encore plus difficile qui ne peut être résolu que dans la mesure où s'éclairent les relations historiques de tous ces domaines en présence.

En effet, ces monuments anciens auxquels étaient liés tant d'habitudes et de représentations, l'infiltration européenne ne va pas les laisser tels quels; bien loin de participer elle aussi, comme les vagues de civilisations antérieures, à leur démolition, à leur effacement à leur enfouissement dans une poussière et une obscurité plus épaisses, elle va, par ses archéologues, en multiplier la présence, les exhumer, les restaurer, les fouiller et les étudier, les exalter, projeter sur eux et sur tout le monde dont ils témoignent une lumière complètement nouvelle, complètement différente de cette lueur ambiguë qui les signalait autrefois;

elle va, par le développement d'un tourisme qui s'intéresse à eux avant tout, leur faire jouer un rôle tout inattendu dans l'économie du pays, les rappelant donc constamment à l'attention de l'Égyptien même s'il ne vit pas auprès d'eux, d'une façon qui n'était pas prévue, toute l'attitude ancienne à leur égard exigeant donc une révision.

Il y a, certes, en France, ou dans les autres pays de l'Occident, des savants qui étudient l'Islam, qui connaissent sans doute mieux que les professeurs d'El Azhar certains aspects de son histoire ou de sa littérature, qui sont capables de donner de certains textes des éditions bien supérieures, d'autres qui étudient l'Égypte antique ou bien le christianisme copte, mais, dans la vallée du Nil, ce qui est à la fois si dramatique et si passionnant, c'est que chaque paysan, si inculte, si démuni qu'il soit, se trouve quotidiennement devant la question de la situation respective de ces mondes les uns par rapport aux autres et par rapport à l'Europe moderne, ou l'Amérique, dont la technique, dont la pensée le submerge,

question à laquelle il est évidemment incapable de répondre pour l'instant, qu'il peut, lorsqu'il est encore suffisamment éloigné d'une usine ou d'une école laisser tranquillement en suspens, mais qui va

ÉGYPTE

devenir rongeante et obscurcissante, jusqu'à l'empêcher d'apprendre correctement ce qu'il aurait envie et besoin de savoir, dès qu'il s'en approche.

Or, ce que l'on peut appeler la pensée européenne moyenne, c'est-à-dire la structure mentale commune à ces marchands, ingénieurs, professeurs français ou anglais ou américains qui détenaient tant de puissance, cette pensée qui inspirait alors entièrement leurs universités modernes (je parle de 1950-1951, avant le départ de Farouk), ne pouvait pas aider véritablement les Égyptiens à cet égard, et ne le peut toujours pas.

Car, si elle exige une perspective historique d'un certain type, celle qu'elle peut proposer possède des dimensions temporelles et géographiques insuffisantes.

En effet, tout Français, par exemple, surtout s'il a fait des études secondaires, est capable de faire un résumé grossier de l'histoire de l'humanité dans lequel figureront Grecs, Romains (aussi les Hébreux à qui l'on doit la Bible et la religion catholique, mais c'est un domaine particulier, auquel souvent on préfère ne pas faire allusion), puis le Moyen Age chrétien, la Renaissance, et enfin l'Europe moderne, avec sa science, qui conquiert le reste du monde,

schéma qui se donne comme suffisant, comme devant permettre toutes les explications sans qu'il soit besoin de faire intervenir ces autres peuples, ces autres civilisations bizarres, curieuses, exotiques, amusantes, mais auxquelles un esprit sérieux, rassis, un monsieur qui s'occupe d'affaires ou de politique considère qu'il ne saurait sans ridicule accorder une attention véritable,

de telle sorte que des ensembles aussi énormes et prestigieux que l'Antiquité égyptienne ou l'Islam ne figurent dans leur représentation de l'univers que sous la forme d'appendices, de notes au bas des pages, de vignettes quasi humoristiques,

comme des petites régions secondaires dont on peut très bien ignorer l'existence puisque, par principe, elle ne change rien, n'explique rien,

et dont certains originaux ont bien le droit d'étudier les œuvres et le langage s'ils ont pour cela suffisamment de loisir,

ÉGYPTE

de fouiller les ruines, s'ils en rapportent des statues ou des bijoux pour en enrichir les musées ou les collections, ce qui est un luxe flatteur pour tous, mais que l'on est tout prêt à considérer comme déraisonnable, à rayer de la liste des frais.

Naturellement ce schéma ne peut point convenir même au plus humble paysan égyptien puisque, pour lui, c'est d'abord l'antiquité pharaonique qui se présente comme énigme, c'est d'abord l'Islam qui se présente comme passé ou tradition, de telle sorte qu'il se trouve devant l'obligation de situer l'histoire européenne, l'histoire telle qu'elle est réfléchie par un de ces Européens qu'il peut rencontrer dans les rues du Caire ou dans les hôtels de Louqsor, à l'intérieur d'un contexte beaucoup plus vaste,

tâche énorme, tâche monstrueuse, mais si urgente qu'il est certain que commencera bientôt sa réalisation et que s'inventera, se répandra dans ce pays, comme dans tous les grands pays d'Orient en bouleversement, une façon nouvelle de considérer et d'interpréter l'histoire qui réagira forcément sur celle de l'Europe elle-même, apportant d'immenses changements d'accentuation et de perspective,

tâche devant laquelle je me suis trouvé moi-même, vivant en ce pays, me trouvant en quelque sorte devenu l'un d'entre eux ayant particulièrement oublié ses origines et ayant particulièrement bien assimilé l'enseignement européen, comme si j'étais né dans ce pays, comme si je l'avais quitté tout petit pour la France, et que mon arrivée fût un retour,

si je voulais survivre entier, si je voulais conserver les yeux ouverts, si je voulais échapper à cette ruine, à cette désolation intellectuelle dans laquelle se perdaient mes collègues du lycée de Minieh, tellement, si scandaleusement moins favorisés que moi.

Aussi, de même que désormais les séjours au Caire n'étaient plus pour moi de simples retours vers une Europe qui me manquait, mais le plus puissant instrument dont je pouvais disposer dans l'analyse de l'Égypte moderne, dans l'amélioration de mon regard sur elle, de même, très rapidement, la visite des sites antiques n'a plus été pour moi une simple évasion esthétique;

hauteur, le principal ornement de Rome ; et la puissance romaine, désespérant d'égaler les Égyptiens, a cru faire assez pour sa grandeur d'emprunter les monuments de leurs rois. »

Et pour bien marquer à quel point notre connaissance de l'antiquité égyptienne est encore dans l'enfance, non seulement à cause des innombrables préjugés dont nous avons hérité obscurément à son égard et dont on ne peut se débarrasser que lentement, mais aussi à cause de l'immensité même du matériel documentaire qu'il s'agit de déchiffrer et de débrouiller, il suffit de dire que lorsque je suis allé à Louqsor pour la première fois, au mois de février, lors des vacances de la mi-année, l'un des jeunes égyptologues que j'y ai rencontrés m'a raconté qu'il était en train, à ses moments de loisir, de recopier les inscriptions qui couvrent entièrement les murs de ce détail du temple de Karnak tellement célèbre et depuis si longtemps, de cette grande salle hypostyle dans laquelle, comme dit Bossuet, quelques couleurs « se soutiennent encore », mais beaucoup moins bien, avec beaucoup moins de fraîcheur que dans certains autres monuments exhumés depuis, par exemple dans le merveilleux temple de Seti Ier à Abydos,

collationnait ces inscriptions, ce qui n'avait encore jamais été fait parce qu'il ne s'agit que de textes rituels et que le plus urgent c'est naturellement pour ces savants de recopier, de publier et d'interpréter tout ce qui permet une datation.

Je suis retourné à Louqsor au mois de mai, comme nous faisions passer, mes collègues français de Minieh et moi, des examens à Qeneh, la préfecture voisine. C'était déjà la très grande chaleur; il n'y avait plus un seul touriste; tout était à nous.

Un matin, à cinq heures, nous avons pris la barque que nous avions retenue la veille, menée par un garçon de treize à quatorze ans au père de qui nous avons payé en tout, pour la journée entière cinq piastres, c'est-à-dire cinquante francs, et nous sommes allés sur la rive des morts.

Cette fois, nous n'avons pas pris pour pénétrer dans ce long ravin sinueux parmi les rocs éblouissants qui aboutit à la vallée des rois, ce cirque se creusant dans la montagne en forme de pyramide,

cette montagne interprétée comme une pyramide naturelle, des siècles et des siècles après que les premières avaient été dressées par les hommes,

ce monument funéraire construit par les dieux pour les souverains dont on savait alors depuis longtemps qu'ils étaient leurs frères, et qui s'efforçaient de le bien rappeler en érigeant la suite de leurs temples funéraires en bas, face au fleuve,

nous n'avons pas pris ces étranges calèches noires traînées de chevaux maigres dont les organisations de tourisme préparent pour leurs groupes de longues files,

mais nous avons trouvé un ânier qui nous a accompagnés pendant tout notre périple.

Nous avons vu quelques-unes des sépultures royales dont l'accès est le plus difficile, notamment celle de Thoutmosis III avec sa grande salle ovale où le gardien nous éclairait de sa lampe à acétylène les illustrations si vivement schématisées du livre de ce qu'il y a dans l'Hadès, courant tout au long des murs, puis nous avons visité quelques-unes des autres cent tombes numérotées, nous sommes allés sur les terrasses de Deir el-Bahari, nous avons dû déjeuner au *rest-house* près du Ramesseum avec les provisions que nous avions emportées, dormir...

Je ne sais plus très bien l'ordre, tout cela s'est un peu brouillé, a un peu basculé l'un sur et dans l'autre...

Mais il y a le soir une scène en laquelle s'est résumé pour moi tout mon itinéraire égyptien, en laquelle symboliquement se sont résolues toutes ces difficultés que j'avais fait lever fourmillantes à chaque pas nouveau et qui a été comme la réponse de l'Égypte, comme son acquiescement fondamental à l'interrogation si vive que je m'étais mis à lui adresser.

Comme nous venions de quitter la nécropole de Deir el-Medineh, sur le sentier, un paysan égyptien, grand, avec une longue robe bleue presque noire très bien tenue et un petit turban blanc, nous a arrêtés, nous a salués, moi spécialement, avec un air de grande joie.

Je ne comprenais absolument pas ce qu'il me disait, ce qu'il me voulait, la raison de son attitude, lorsque soudain j'ai reconnu parmi ses paroles ces quatre syllabes : *André-Lebon.*

C'était le nom du bateau que j'avais pris à Marseille, sept mois plus tôt, avec un autre camarade qui n'était pas là, qui avait abouti dans une autre ville d'Égypte que moi, un bateau qui n'appartenait pas régulièrement à la ligne d'Alexandrie, mais remplaçait pour cette fois le *Champollion* en réparation,

un bateau dont la cale avait été aménagée pour servir au transport de troupes vers l'Indochine, des lits de toile tendus les uns au-dessus des autres tout autour du grand trou carré que traversait une longue échelle, recouvert d'une grande bâche la nuit ou pendant la pluie,

et hébergeait cette fois-là les passagers de quatrième classe dont nous faisions partie.

On nous avait distribué au départ à chacun une vieille assiette de métal, un couvert, et un quart, que l'on cachait soigneusement pour les retrouver au prochain repas, que l'on ne retrouvait pas toujours, si bien que l'on s'en appropriait d'autres traînant ici et là, passagers qui n'avions pas droit au service si bien qu'il fallait pour deux d'entre nous, volontaires ou désignés, nous avait-on dit, aller chercher à la cuisine le pain, le vin, les gamelles de soupe et de nourriture (c'était toujours mon camarade et moi, dès que sonnait l'heure, parce que nous voulions absolument manger chaud), que nous tenions en équilibre en descendant les degrés de l'échelle, mais souvent sans assez d'adresse pour empêcher, les jours de vent, des débordements qui tombaient sur la table en dessous faisant des flaques étoilées.

Quatre jours ainsi nous avions vécu dans cette espèce de sauvagerie, au milieu des vomissures, dans cette soute à plèbe, dans cette fosse sur les bords de laquelle parfois des dames venaient se pencher, mon camarade philosophe et moi, un jeune libanais qui venait de terminer son engagement dans la Légion étrangère et qui allait s'installer comme coiffeur à Beyrouth, de riches étudiants cairotes qui avaient passé leurs vacances à Paris où ils avaient claqué un peu trop d'argent, divers individus de profession douteuse, l'équipe égyptienne d'athlétisme, sauf son numéro un qui ayant décroché une récompense avait droit à un billet de première classe, revenant de je ne sais quel championnat,

qui avait donné au grand complet une démonstration de ses talents devant tout le navire sous la présidence du capitaine, l'intermède plaisant étant fourni par un contorsionniste qui était en même temps prix de beauté, Monsieur Égypte ou quelque chose comme ça, qui lui aussi revenait d'une compétition, avec sa femme, la seule femme dans cette cale,

et, dans un lit non loin du mien (il y en avait beaucoup d'inoccupés, mais seule une partie des lampes fonctionnait), souriant, un paysan de haute Égypte, qui ne savait pas un seul mot de français, le seul qui ne fût pas en costume européen, mais habillé d'une longue robe bleue presque noire, très bien tenue, coiffé d'une calotte de feutre entourée d'un turban blanc très propre, et cela, nous avions réussi à le comprendre, parce qu'il était le domestique d'un monsieur qui travaillait à Louqsor et qui l'avait emmené à Paris avec lui pendant ses vacances d'été, un monsieur

ÉGYPTE

qui revenait, lui, en deuxième classe, là-haut, avec sa femme et ses enfants,

à Paris qui l'avait émerveillé et d'où il avait rapporté dans sa valise un talisman qu'il ne consentait à montrer, avec quelles précautions, qu'à ceux qu'il estimait capables de s'en enchanter comme lui :

un stéréoscope avec une dizaine de vues : l'Opéra, l'Arc de triomphe, etc.,

ce paysan que je reconnaissais enfin dans le sentier, près du cimetière de Deir el-Medineh dont son patron, absent pour l'instant dirigeait les fouilles.

Alors nous sommes descendus de nos ânes; nous sommes entrés dans le petit village, dans sa maison de terre, dans sa chambre meublée seulement d'un grand lit de cuivre extravagant apporté sûrement à Louqsor, il y a plusieurs dizaines d'années, pour un des grands hôtels de l'autre rive.

Puis, comme nous avions terminé de boire le thé à la menthe brûlant qu'avait apporté l'une de ces femmes rieuses dans l'embrasure, il est allé chercher ce stéréoscope qui pour moi aussi entre temps était devenu talisman.

Ainsi, après nous être gorgés, saoulés toute une journée de lumière et d'Antiquité, dans l'ombre fraîche de cette chambre, de par l'amitié de cet homme avec qui nous ne pouvions pour ainsi dire pas parler, que je n'aurais jamais imaginé revoir, que je n'aurais certainement pas reconnu s'il ne m'avait reconnu lui,

nous avons pu contempler, ravis, plus étonnés et plus comblés encore que le jour de l'unique pluie véritable à Minieh,

ces rues qui nous avaient été si familières, mais s'étaient tellement éloignées de nous au cours de notre séjour, les Champs-Élysées et surtout cette place de la Concorde avec l'obélisque au milieu dont nous savions bien autrefois, dont nous avions bien entendu dire qu'il était un obélisque de Louqsor, formule dont nous ne commencions qu'à présent à percevoir le sens et les implications.

Et je savais bien que cette entente si sûre et si pure entre nous mais qui restait muette, pour qu'elle pût passer sur le plan du langage, pour qu'elle pût se développer en conversation véritable, il aurait fallu que déjà se fût constitué au niveau de ce langage une organisation à laquelle nous aurions pu nous référer, sur laquelle nous aurions pu tabler,

une organisation satisfaisante pour nous deux de ces divers lieux et moments que l'instant présent contractait.

Longtemps nous sommes restés à boire cette fraîcheur qui coulait des images, puis l'un de mes camarades nous a rappelé que nous avions dit à notre batelier que nous serions de retour avant le coucher du soleil.

Or, le soleil était déjà très bas, accélérant sa chute.

Nous sommes remontés sur nos ânes, projetant de longues ombres devant nous au milieu de l'air rouge, comme les pylones du temple funéraire de Ramsès III à notre droite, comme les colosses de Memnon à notre gauche, et je me sentais extraordinairement heureux parce que, oui, quelque chose du monde s'était dévoilé pour moi, confusément, mais dans une certitude absolue qui ne m'abandonnerait jamais, cette légère souffrance que je ressentais entre les vertèbres, cette fatigue qui soudain m'envahissait, en étant comme le garant.

ÉGYPTE

elle s'est liée à un effort pour repenser, pour élargir les perspectives que j'avais héritées de mon éducation, effort dont j'avais bien ressenti la nécessité déjà avant mon départ de France, mais de façon seulement lointaine, désintéressée, non, certes, avec cette précision, cette pression, cette acuité.

Donc le prodigieux monument de Djéser à Saqqarah, par exemple, tel qu'il a été retrouvé et reconstitué, énigme si nouvelle pour les habitants de l'Égypte, est devenu énigme dévorante aussi pour moi, et non plus seulement objet que l'on admire et dont on s'étonne d'un œil détaché, s'est tellement lié à moi-même qu'une certaine région de ma conscience ne pourra devenir claire que dans la mesure où je pourrai mieux comprendre, mieux me représenter les raisons pour lesquelles ces hommes d'il y a cinq mille ans, dans une si violente explosion de génie inventif, ont construit avec tant de soin ces fausses portes, ces précieuses maisons remplies de cailloux grossiers, cette Pyramide à degrés qui seule émergeait du sable il n'y a que quelques années, et quelles sont les relations de tout cela avec ce qui a succédé ;

donc, dans le tombeau de Pétosiris à Tounah el-Gebel, près de Minieh, d'époque perse, sur les murs duquel, je le savais, sont gravées des maximes dont certaines ont été traduites littéralement dans le *livre des proverbes*, c'était une lueur sur mes origines et sur celle de la religion dans laquelle j'avais été élevé que je cherchais et peut-être plus clairement encore dans l'amphithéâtre stérilisé d'El-Amarna,

un renouvellement, une amélioration dans la position de problèmes qui m'avaient troublé depuis des années et qui me troublaient là bien plus directement et profondément.

N'étant point égyptologue, je dois me contenter de désigner ce domaine ; je ne voudrais que faire sentir quelle source de clarté il peut y avoir dans ce gigantesque nid de problèmes que la pioche minutieuse des chercheurs déterre, fait bourdonner comme un essaim de guêpes, dans leur étude et leur résolution,

non seulement pour la compréhension de ce pays contemporain qui renvoie vers elle à tous les instants sournoisement, mais pour cette Europe elle-même, fille de l'Empire romain, à l'intérieur de laquelle quantité de signaux dispersés pointent perpétuellement vers ce foyer d'un rayonnement presque aussi ambigu pour nous que pour les musulmans du Caire.

Or le lieu par excellence où ce foyer s'ouvre, se déploie et se propose splendide à l'examen, quelles que soient les beautés d'autres sites, c'est évidemment cette énorme ville de tombes et de temples sur les deux rives à Louqsor, certainement le plus impressionnant ensemble de ruines connu, la Thèbes ancienne qui n'a jamais cessé même dans son pire abandon d'émettre une sourde et constante gloire, je n'en veux pour seul témoignage que sa description dans Bossuet :

« On a découvert dans le Sayd (vous savez bien que c'est le nom de la Thébaïde) des temples et des palais presque encore entiers, où ces colonnes et ces statues sont innombrables. On y admire surtout un palais dont les restes semblent n'avoir subsisté que pour effacer la gloire de tous les plus grands ouvrages. Quatre allées à perte de vue, et bornées de part et d'autre par des sphinx d'une matière aussi rare que leur grandeur est remarquable, servent d'avenue à quatre portiques dont la hauteur étonne les yeux. Quelle magnificence et quelle étendue! Encore ceux qui nous ont décrit ce prodigieux édifice n'ont-ils pas eu le temps d'en faire le tour, et ne sont même pas assurés d'en avoir vu la moitié; mais tout ce qu'ils ont vu était surprenant. Une salle, qui apparemment faisait le milieu de ce superbe palais, était soutenue de six-vingt colonnes de six brassées de grosseur, grandes à proportion, et entremêlées d'obélisques que tant de siècles n'ont pu abattre. Les couleurs mêmes, c'est-à-dire ce qui éprouve le plus tôt le pouvoir du temps, se soutiennent encore parmi les ruines de cet admirable édifice, et y conservent leur vivacité, tant l'Égypte savait imprimer le caractère d'immortalité à tous ses ouvrages. »

C'est dans la troisième partie du « discours », et, certes, l'on se prend à rêver de cette autre direction qu'aurait pu prendre l'art français classique, de cet autre visage qu'aurait pu nous présenter

Versailles, si jamais avait été suivi le conseil qu'il donne dans le paragraphe suivant :

« Maintenant que le nom du roi pénètre aux parties du monde les plus inconnues, et que ce prince étend aussi loin les recherches qu'il fait faire des plus beaux ouvrages de la nature et de l'art, ne serait-ce pas un digne objet de cette noble curiosité, de découvrir les beautés que la Thébaïde renferme dans ses déserts, et d'enrichir notre architecture des inventions de l'Égypte ? Quelle puissance et quel art a pu faire d'un tel pays la merveille de l'univers ? »

Or ce prestige de l'Égypte que par l'intermédiaire de la description d'un voyageur Bossuet subit si fortement, il se rend compte que la Rome impériale sur le souvenir de laquelle la France impériale s'efforce lointainement de se modeler, y était encore plus sensible que lui puisqu'il poursuit :

« Il n'appartenait qu'à l'Égypte de dresser des monuments pour la postérité. Ses obélisques font encore aujourd'hui, autant par leur beauté que par leur

La nuit était tombée depuis longtemps lorsque nous sommes parvenus à la rive. Notre batelier se plaignait.
Quand retournerai-je en Égypte ?

TABLE DES MATIÈRES

	Pages
QUATRE VILLES.	7
Cordoue.	9
Istanbul.	29
Salonique.	41
Delphes.	59
EN VUE DE...	89
Mallia	91
Mantoue	95
Ferrare.	101
ÉGYPTE.	107